KINTSUGI

MARÍA JOSÉ NAVIA

KINTSUGI

Tradução de Isis Batista

Rocco

Título original
KINTSUGI

"Rebajas" e "En Caso de Emergencia" aparecem em *Lugar*
(Ediciones de la Lumbre, 2017).

"Blanco Familiar" foi publicado no número 51 da revista *Eñe.*

Edição brasileira publicada mediante acordo com
Casanovas & Lynch Literary Agency.

Ilustrações no interior do livro: Freepik

EDITORA ROCCO LTDA.
Rua Evaristo da Veiga, 65 – 11º andar
Passeio Corporate – Torre 1
20031-040 – Rio de Janeiro – RJ
Tel.: (21) 3525-2000 – Fax: (21) 3525-2001
rocco@rocco.com.br|www.rocco.com.br

Printed in Brazil/Impresso no Brasil

Preparação de originais
GABRIELA COLICIGNO

CIP-BRASIL. CATALOGAÇÃO NA PUBLICAÇÃO
SINDICATO NACIONAL DOS EDITORES DE LIVROS, RJ

N243k

Navia, María José
Kintsugi / María José Navia ; tradução Isis Batista. - 1. ed. - Rio de Janeiro : Rocco, 2025.

Tradução de: Kintsugi
ISBN 978-65-5532-585-0
ISBN 978-65-5595-384-8 (recurso eletrônico)

1. Ficção chilena. I. Batista, Isis. II. Título.

CDD: C863
25-98999.0 CDU: 82-3(83)

Meri Gleice Rodrigues de Souza - Bibliotecária - CRB-7/6439

Para Sebastián, meu primeiro leitor.

De novo, de novo.

É assim que eles caem e se levantam. Aquele que foi expulso pelo pai. Aquele que carrega a morte consigo como um balão amarrado ao pulso. Aquele cujo coração será partido. Aquele cuja avó esquecerá seu nome. Aquele cujo olho se fechará. Aquele que esteve ao lado da mãe em um hospital sustentável. Um chute no ar para tocar a terra. Vê-lo. Cair. E então se levantar.

Aracelis Girmay

Uma família é um estudo sobre placas tectônicas, sobre dobras geológicas. Algo se move lá dentro; de repente estamos mais próximos ou mais distantes.

Anne Michaels

Matar coisas não é tão difícil, é a dor que é a parte mais difícil, e, quando o mago me encontrar, pedirei um coração menor.

Amanda Palmer

A família é uma máquina de produzir ficção sobre si mesma.

Ricardo Piglia

1

LIQUIDAÇÕES

A PRIMEIRA COISA QUE VEJO SÃO AS NOTAS EM CIMA DA bancada. Estão ali, na cozinha, a poucos centímetros das frutas e do pote de biscoitos. Meus sobrinhos assistem à televisão.

Caro me olha de cima a baixo. Hoje não é, nem de longe, o meu melhor dia: dormi demais, não tive tempo de me maquiar e minha roupa provavelmente está fedida.

Durante semanas insisti que não era necessário: "São seus filhos, Caro." Mas ela foi inflexível: "Sim, Marce, mas não é sua obrigação cuidar deles." E ali estava eu: a tia ferrada.

De nada serviram os meus protestos.

* * *

Agora, Caro fecha a porta com mais força do que o necessário.

E eu fico sozinha com as crianças.

Teoricamente estou procurando emprego há meses, teoricamente o mercado de trabalho está difícil e precisamos ter paciência.

Teoricamente, inclusive, deixei o emprego anterior por vontade própria. Esta, pelo menos, foi a minha versão das coisas: dizer que um dos meus chefes havia se insinuado para mim (em mais de uma ocasião), e então o desemprego não representava uma crise, mas sim algo de que eu podia me orgulhar... ou quase. "Crise" é uma palavra estranha: pode significar algo pontual ou duradouro. Assim, para Caro, essa era apenas *uma* crise de sua irmã mais nova, enquanto, para mim, por trás dessa palavrinha estavam centenas de decisões ruins.

Nunca fui boa com dinheiro. Sempre tive dificuldade de economizar ou investir com sabedoria. Quando éramos crianças, enquanto a mesada de Caro era guardada em um porquinho de cerâmica e depois multiplicada em uma conta no banco, meus parcos pesos iam embora em lápis e sorvetes (e, mais tarde, em livros e café). Quem guarda tem, meu pai às vezes dizia (*e quem não guarda tem... problemas*, eu completava em pensamento). Eu tinha vergonha de admitir como os meus salários podiam durar pouco, e mais vergonha ainda de pedir dinheiro emprestado. Vivia afundada em dívidas, pagando cartões de várias lojas, comprando o mínimo toda vez que ia ao supermercado. Fingia que estava doente para faltar às comemorações de aniversário dos amigos e tinha aprendido a cortar o cabelo sozinha.

Quando comecei a trabalhar na loja, pensei que tudo, por fim, estava se ajeitando. O salário era bom (depois de anos revisando teses, um trabalho precário que pagava mal e sempre atrasava), e a loja era perto de casa (o que me permitia economizar com transporte).

Mas não.

Meus sobrinhos brincam sem me dar atenção. Com eles, me acostumei a ser invisível. Sempre se comportam bem. Pintam com giz de cera bem longe das paredes, guardam os brinquedos antes de dormir, enquanto o meu telefone vibra com mais e mais mensagens do inominável (inominável porque eu já tinha chateado meus amigos com as histórias dele. Inominável, também, porque meu coração fica apertado e todo dolorido só de pronunciar o seu nome).

Eu nunca soube escolher. Sempre me entregava aos que me amavam por cinco minutos ou aos que me entediavam por três anos. Sem meio-termo.

Algum dia, teria que aprender.

* * *

Sofía, minha sobrinha, prova vestidos de princesa em frente ao espelho. Ela me pergunta se está bonita. Garanto que sim. Que ela é a menina mais linda do mundo.

Caro foi para o casamento de uma amiga. Vai voltar tarde. No fogão, deixou panelas com macarrão e molho. Também tem dinheiro para o caso de as crianças quererem pizza. Todas as guloseimas do planeta. Guloseimas que os meus sobrinhos mal tocam. Caro e seus malditos filhos perfeitos. Eu, por outro lado, já abri dois pacotes de biscoito que deixei pela metade e estou tomando Coca-Cola direto da garrafa. Sem copo. Dá preguiça de lavar.

Aos poucos comecei a pegar coisas para mim. Coisas pequenas, inclusive em mau estado, que achei que ninguém sentiria falta. Era responsável por fechar a loja três vezes por semana, então era fácil deixar cair na minha bolsa algumas meias, uma saia, algumas calcinhas. Memorizei a localização das câmeras, assim como tinha aprendido a fazer com que o roubo parecesse uma reorganização repentina dos produtos no estoque ou na parte das liquidações. De qualquer forma, eu era magra e todas as roupas ficavam bem em mim, ou pelo menos cabiam. Caro, por outro lado, nunca conseguiu perder todo o peso que ganhou nas gestações. Hoje mesmo, quando me pediu para ajudá-la a fechar o vestido — um pouco envergonhada, mas fingindo que não se importava —, o zíper mal subiu, mesmo com Caro prendendo a respiração.

Tomás lê tranquilo em um canto. Acompanha o texto com um dos dedos. Está sempre lendo. Quase não fala comigo. A não ser que esteja com fome. Eduardo, o mais novo, anda de um lado para o outro. Só isso. Acabou de aprender a andar, e agora tudo é uma experiência, uma exploração. Dou uma olhada nele de vez em quando para garantir que não caia, que não ponha algo perigoso na boca. Ele sabe falar "mamãe", "piu piu" (para os pássaros) e "não, não, não", que diz meio cantando enquanto faz um gestinho ridículo mexendo o dedo de um lado para o outro.

Eu me pergunto se algum dia ele vai falar "papai". Se, com o dedo que agora aponta para a televisão, apontará também para uma das fotos nas quais José sorri para ele, do passado, sem saber de nada. Não entendo por que minha irmã ainda não guardou os retratos. Já se passaram seis meses. Todos na família sabem que ele não vai voltar, mas ninguém se atreve a perguntar nada. Na nossa família, fazer perguntas é falta de educação, indica que há alguma coisa que não sabemos, uma coisa que poderia estar melhor. Caro, por sua vez, decidiu seguir a vida como se nada tivesse acontecido. Para as crianças, o pai está em uma eterna viagem de negócios. Como tantos outros. Vendo por sua perspectiva infantil, um ou seis meses não são nada mais que muito tempo.

José não deu explicações. Um dia saiu para trabalhar e não voltou mais. Quando Caro ligou para o escritório dele, disseram que o senhor Toledo já não trabalhava lá havia um mês. Antes de desligar, a secretária disse, meio entre sussurros: "Sentimos muita falta dele." E o mundo de Caro caiu. Pelo menos é essa expressão. A verdade é que o mundo dela desabou e se quebrou em caquinhos, com tantos pedaços minúsculos que nem com muito esforço ela conseguiria juntar tudo de novo. Por mais que tentasse, sempre ficaria um buraquinho aqui, uma peça faltando ali. É assim que o mundo dela está hoje: cheio de buracos.

Ninguém sabia nada a respeito do José. O irmão dele, com quem, de qualquer maneira, ele não tinha muita proximidade e que vivia fazia anos no sul, disse à Caro que ele tinha ido viajar. Quando ela perguntou para onde, a única resposta foi: "Para longe."

Naquela noite, quando voltei do trabalho, Caro me esperava na porta do meu prédio. No elevador, começou a chorar e me contou tudo entre soluços. Já no apartamento, contei a ela da minha demissão. Vai saber por qual curto-circuito em sua cabeça Caro conectou as duas histórias, como se fizessem parte de um mesmo destino: *você vai ver, vamos sair mais fortes desta.*

No dia seguinte comecei a cuidar dos meus sobrinhos.

E ela insistiu em me pagar.

* * *

No princípio, estava tudo bem. Ela precisava de alguém para cuidar dos filhos (os turnos no hospital eram longos e imprevisíveis, e a babá de sempre tinha voltado para o Peru). Eu precisava de algo para preencher os dias e a carteira. Claro, no começo tudo foram flores. As crianças não questionaram nada e pareciam felizes com a companhia da tia (a tia divertida, a que sabia desenhar a Hello Kitty e todos os super-heróis, aquela que deixava que ficassem acordados até tarde). Principalmente Sofía, que gostava que eu fizesse tranças em seu cabelo e a ajudasse a se maquiar. Um dia, Caro chegou cedo e nos sentamos todos à mesa. Sem nenhum protocolo nem má intenção, as três crianças pediram que a mãe, por favor, me convidasse para morar com eles. "Enquanto o papai não volta", adicionou Sofía, quase em um suspiro.

Caro sorriu, mas pude perceber a mudança em seus olhos, que, até então, estavam fixos na jarra remendada e naquele dia descobriam, alertas, alguns buracos. E a resposta que saiu de sua boca foi cruel e surpreendeu todo mundo: "Isso sairia muito caro, crianças. A tia de vocês cobra por hora."

Sim, ela disse isso entre risadas. Sim, as crianças não entenderam muita coisa e continuaram brincando como se nada tivesse acontecido. Mas, naquele momento, foi a minha jarra que se partiu. E as notas, que ela deixava todas as tardes na bancada da cozinha, começaram a arder em meus dedos.

Caro começou a me deixar instruções: preparar aquela ou essa comida, não se esquecer de dar café da manhã a Tomás, passar na lavanderia para pegar os vestidos dela. No final da folha, que deixava sempre em cima da bancada, junto às notas, assinava com "BEIJOS!", em maiúsculas e com apenas um sinal de exclamação, mas eu não acreditava em mais nada vindo dela.

Comecei a pegar coisas. Da casa de Caro, desta vez. Coisas sem importância, de que ninguém sentiria falta. Um iogurte, uns biscoitos. Depois um lápis deixado na escrivaninha; um par de meias de Caro. Até que me arrisquei no closet de José. Primeiro abri a porta e acendi a luz. Vi os ternos, as gavetas de cuecas, os pijamas, as gravatas. Vi os cartões desenhados para o Dia dos Pais relegados à última gaveta, junto a camisetas velhas e outras roupas que ele não usava. Tudo cheirava a limpo. Um limpo guardado. Eu conseguia ouvir o som da televisão na sala. Tomás e Sofía estavam lá, e Eduardo dormia no quarto depois do almoço. O mundo estava tranquilo. Passei as mãos pelas camisas, parando nos botões. Procurei pistas nos bolsos dos casacos. Talvez um recibo, um objeto estranho, alguma coisa. Mas nada. Pus os pés pequenos dentro dos enormes sapatos dele. Quando Sofía começou a me chamar aos gritos — tinha visto, ou achava que sim, um beija-flor perto da janela —, peguei rapidamente umas abotoaduras do meu cunhado.

Passei a levá-las sempre no bolso e começava a girá-las toda vez que ficava nervosa ou entediada. Eram um peso familiar, um amuleto. Prometi a mim mesma que as devolveria dentro de uma semana. Então se passaram duas. Um mês. Quatro.

Volto para perto das crianças. Sento-me ao lado de Sofía, que está desenhando em um caderno, a televisão ligada. Está passando um desenho de uma esponja amarela que trabalha vendendo hambúrgueres. Ela me pergunta se consigo desenhar o personagem. Pega uma folha em branco e uma canetinha preta. Olho para a televisão. O desenho sai meio tosco, mas Sofía comemora do mesmo jeito, feliz da vida. Eduardo apoia o rostinho no meu braço e o enche de baba. Tomás continua lendo sem olhar para mim.

— Estão com sono? — pergunto a eles.

Todos abrem bem os olhos.

— Temos que ir dormir? Agora? — pergunta Tomás, com o dedo parado no meio do texto.

Percebo que faltam poucas páginas, que ele está entretido, que o pior que posso fazer é impedir que continue. Olho o relógio. Já são onze da noite. Se Caro soubesse, ficaria furiosa. Mas ainda não está na hora de ela chegar. E eu não sou Caro. Sou a tia divertida, reverenciada pelos sobrinhos, a fonte da felicidade eterna.

— Não — digo. — Vamos ficar um pouco mais.

Tomás sorri. Sofía começa a pintar o meu desenho do Bob Esponja e Eduardo continua explorando todos os cantos da sala.

De repente, meu telefone toca. Um apito breve: uma mensagem ("Podemos conversar?", pergunta o inominável. Sei o que ele quer. Imagino que esteja no cassino, meio bêbado, perdendo todo o salário nas máquinas caça-níqueis. "Acho que amo você", ele me diria. "Você pode me emprestar um dinheiro?" "Agora? Neste momento?" "Nós, os irresponsáveis, temos que ajudar uns aos outros.").

— Quem é? — pergunta Sofía.

(E o meu coração idiota dá uma cambalhota, ao mesmo tempo que faz o cálculo mental para saber quanto posso emprestar a ele. Porque, quem sabe, talvez esta seja a última vez. Quem sabe...)

— Um monstro — respondo.

Sofía fica de boca aberta por alguns segundos.

— E ele vai vir te buscar? Aqui?

O comentário me faz sorrir.

— Não, Sofi, esse monstro só fala pelo telefone.

— Igual ao papai — comenta Tomás, entredentes.

E então é a minha vez de ficar de boca aberta.

— Como assim? — pergunto a ele, tentando fingir normalidade, como se fosse um detalhe do dia a dia, um pedaço da jarra bem firme em sua estrutura.

Tomás não levanta os olhos do livro e responde em um sussurro:

— Às vezes ele liga.

A minha próxima pergunta deveria ser "E onde é que ele está?", mas, para as crianças, o pai está viajando, todos sabemos disso, e não há nada a se perguntar.

— E como ele está? — questiono.

— Cansado — responde ele. — Tão cansado que nunca quer falar com ninguém. Inclusive prefere desligar quando a mamãe atende. — E conclui: — De qualquer maneira, isso é segredo. Não era pra eu ter contado.

Sofía volta a se concentrar no desenho animado e Eduardo está bocejando sentado em umas almofadas no chão. Já é quase meia-noite. Tomás olha para mim.

— Acho que ele não vai voltar — diz o garoto, em um murmúrio, coçando insistentemente o ombro.

Na minha cabeça, respondo "Também acho que não", enquanto, na realidade, faço um carinho em seu cabelo quando passo por ele. Não tenho vontade de fazer mais perguntas. Caro que se vire com seus silêncios e suas meias-verdades. Eu me recosto dentro do closet de José, na parte dos sapatos, todos muito bem engraxados. Olho para cima, para as calças, as jaquetas, o teto branco. Outra mensagem apita no telefone ("Por favor, responda. Preciso mesmo de você."). E depois outra, desta vez da minha irmã ("Tudo bem por aí?", e uma carinha feliz). Respondo a Caro que sim, que está tudo bem (com outra carinha feliz). Ela me garante que vai sair daqui a pouco, que logo estará em casa. Tiro os sapatos e mexo os dedos dos pés no tapete macio. É uma sensação boa. Mal dá para ouvir os barulhos da casa. Penso que não sei nada sobre José. Nunca conversamos, não de verdade, nada além de alguns comentários sobre filmes ou impressões sobre um prato bem-preparado (por ele). Não me surpreendi com o seu desaparecimento. Talvez porque nada mais fosse capaz de me surpreender. O que seria melhor? Que ele ficasse para dar explicações? Talvez, se alguém decide ir embora, seja melhor assim: desaparecer e deixar que os outros se encarreguem das versões da história. Caro acredita que fez isso da maneira correta, mas eu não tenho tanta certeza. Está chegando o momento em que vai ter que se sentar com os filhos e explicar a eles que José foi embora e que não vai voltar. Que foi um bom pai. Que os amou muito.

Eu não queria estar no lugar dela. Sinto que Caro espera que o tempo o traga de volta e que, assim, as explicações não sejam necessárias ("Nós nos casamos tão jovens, Marce, talvez ele precise de um tempo para pensar, para escapar um pouco do mundo", ela tentava me convencer, às vezes, com o olhar fixo no chão depois de uns goles a mais).

* * *

Sofía aparece na porta com os olhos pesados de sono, mas ainda com energia. Diz que quer cozinhar. Uma poção mágica. Desajeitada, me levanto e olho para ela. Ela não acha estranho que eu esteja no chão, não acha nada estranho. Eu a acompanho até a cozinha e Eduardo já está lá esperando, apoiado meio precariamente em uma cadeira.

— Do que precisamos? — pergunto a Sofía.

— Ovos — diz ela. — Farinha. Leite. Chocolate.

Sigo suas ordens sem reclamar. Abro portas de armários e gavetas, e Sofía segue ditando:

— Sal. Açúcar. Suco de laranja.

Abro a geladeira, pego colheres e utensílios; Eduardo nos observa fascinado. Sofía se senta em um banco da cozinha e canta uma canção inventada por ela enquanto misturo tudo. A massa vai adquirindo cores impossíveis e texturas viscosas. Eduardo aplaude e cai sentado no chão de cerâmica. Ele não chora. Continua observando.

De repente, Sofía me pergunta:

— E se a mamãe ficar sem dinheiro? Você não vai vir mais?

— Ah, Sofi, também não é assim. Vou estar sempre por aqui.

Meu telefone volta a vibrar ("Você está aí? É urgente."). Desligo o celular e o guardo, inofensivo, no bolso.

Levanto a vista. Sofía sorri perto do pote de biscoitos com algo na mão.

Notas. Minhas notas.

— O que você está fazendo? Deixe isso aí... — digo, tentando detê-la com palavras atropeladas.

Meu tom é sereno. Até sorrio, para confirmar que continuo sendo sua tia favorita, a fonte de alegria, que tudo está bem. Mas é tarde demais, e as notas dançam no ar antes de cair na bancada, de onde Sofía as pega uma por uma, enchendo-as de farinha e clara de ovo e, depois, amassando-as com os dedinhos pegajosos.

— Sofi, não se brinca com essas coisas... — digo, agora com mais firmeza (não mais a tia favorita, mas sim uma bruxa de voz histérica).

Eduardo começa a chorar aos gritos.

Eu me aproximo e o pego no colo. O rostinho molhado se apoia com força na minha bochecha.

Tomás chega correndo.

Fecho os olhos por um instante, conjurando minha irmã para que ela finalmente apareça, para que abra a porta e o mundo volte à ordem.

Para que eu saia desta casa e ligue o meu telefone.

Mas nada acontece. E, quando abro os olhos, Sofi está rasgando as notas em pedacinhos. O ingrediente final para a poção mágica dela.

2

TERA

ERA DOLOROSO PARA ELE, MAS AQUILO O CUMPRIMENTAVA todas as manhãs. Ali, em frente ao espelho, enquanto se barbeava ou escovava os dentes, era impossível ignorá-lo. Vermelho, inflamado, como se estivesse a ponto de explodir. No ombro direito. Cada vez que olhava para aquilo, parecia que tinha crescido, e ele não se atrevera a levar nenhuma mulher para casa no último mês. Já estava acostumado. Mas elas... elas sairiam correndo, tinha certeza.

Quando o tocava, sentia um calorzinho. Mal conseguia cobri-lo com a palma da mão. Ficava intrigado com o quanto aquilo poderia crescer. Pelo menos, no trabalho, era obrigado a usar camisa, e não dava para notar. Ele comprava as mais folgadas, claro, nada justo, nada que apertasse. Conseguia imaginar suas alunas (era professor de uma escola para meninas) zombando dele. O Corcunda de Notre Dame, diriam (apesar da corcunda dele não estar nas costas, mas aquelas meninas não eram muito instruídas e provavelmente ainda escreveriam corcunda errado). No inverno era melhor. Debaixo dos suéteres, era como se não houvesse nada. Além disso, e talvez pelo frio, mal doía. No verão, por outro lado, sentia o ombro queimar. No começo pensou que fosse uma espinha. Que era questão de tempo até estourar e, além de algumas gotas de pus nojento, tudo ficaria bem. Tinha passado pasta de dente para ver se secava, mas nada. Tinha tentado todas as pomadas que encontrou na farmácia, mas nada. Aquilo parecia até rir dele: quanto mais tentava, mais parecia crescer.

Mas já estava cansado. Hoje iria ao médico para que tirassem aquilo. Mesmo que perdesse metade do braço. Qualquer coisa para não ter que ver mais aquilo.

Qualquer coisa para ver Luisa mais.

Ainda não havia acontecido nada, mas, na cabeça dele, já imaginava toda a história. Luisa estava trabalhando na escola havia poucos meses, substituindo Berta, uma das professoras de Espanhol do ensino fundamental, que já estava prestes a ter o quarto filho. A diretora o apresentou a Luisa, que com sorte tinha olhado para ele duas vezes. Recém se formara na licenciatura. Era o primeiro emprego dela. E Tomás fez várias contas para poder deixar a matemática de lado. Eram dez anos. Estávamos no século XXI. Tudo bem. Fez as perguntas de praxe (não, não tinha namorado; sim, vivia sozinha), e combinaram de almoçar. Em breve, essa foi a expressão que ela usou. E, para ele, passou a ser a expressão mais bonita do mundo.

Agora ele só precisava se livrar de Manfred.

Foi assim que a irmã dele batizara aquilo quando eram crianças. Naquela época, claro, era só um caroço do tamanho de um feijão, um feijão mágico, como os de João e o pé de feijão, dizia sua mãe, enquanto Sofi aplaudia e Tomás fantasiava em lhe dar um belo tapa. Pirralha insuportável. Uma vez, ela tinha tentado estourar o caroço com as unhas pintadas de rosa fluorescente e um sorriso enorme na cara. Foi a única vez que ele bateu nela. Não se arrependia. A dor foi infernal. Ele ficou de castigo por um mês sem poder tomar banho de piscina, mas não se importou. Aproveitou para ler todos os livros em que conseguiu colocar as mãos (e foram muitos, o avô sempre o presenteava com um monte: todos os de Júlio Verne e Emilio Salgari) e, apesar de Sofía ficar mostrando a língua para ele e jogando água da parte rasa da piscina, preferia estar ali, embaixo de um guarda-sol, bem vestido e pertinho de um livro.

O pai de Tomás tinha perguntado se ele queria fazer uma cirurgia. A mãe até se ofereceu para tirar ela mesma.

Era só ele ir ao hospital em algum momento em que não houvesse muitos pacientes. "Não vai doer nada, Tomi", ela disse tantas vezes, com um sorriso. Naquela época, porém, o caroço não o incomodava. Ele achava que aquilo o tornava especial. Uma daquelas marcas como a dos heróis de seus livros. Uma cicatriz de guerra, um detalhe que o diferenciava dos outros. Como, ele não sabia, mas naquele momento preferiu esperar para descobrir. Além disso, o pai tinha um igual. Pelo menos, naquela época, o dele também não tinha crescido tanto. Dessa maneira, manter o caroço era também fazer parte daquele clube.

O clube durou pouco. O pai os abandonou quando ele tinha doze anos e nunca mais voltou.

Tomás inventou todo tipo de histórias para os amigos. Que o pai estava trabalhando no Japão, que estava em uma missão secreta. Depois, mais velho, fingia que não se importava. O cara durão que vivia como se nada o afetasse. No começo, o pai tinha telefonado para ele algumas vezes em horários em que a mãe não estava em casa. Eles falavam das lições de casa, das notas, dos livros que Tomás estava lendo. "Quando você vai voltar?", Tomás perguntava todas as vezes, até que se cansou. O pai continuou telefonando durante anos, só para ele, mas, para ser sincero, Tomás nunca perguntou a nenhum dos outros irmãos. O pai enviava mensagens de feliz aniversário a Tomás, mas ele também se cansou de respondê-las.

Era mais fácil fingir que o pai não existia, que nunca havia existido. Tirá-lo do álbum de fotografia da família. Recortar todas as fotos. Esquecer.

Agora, caminha a passos largos até a clínica. Não pode se atrasar e perder o compromisso. Os compromissos: aquele real, com o médico, e aquele que imaginava com Luisa. Porque, se não se livrar de Manfred, não vai se atrever a levá-la a lugar nenhum. É claro que, de início, não deve acontecer nada entre eles, mas, de qualquer forma, é melhor não arriscar. Luisa é uma garota linda e ele quer se sentir seguro. Com Manfred no ombro, mesmo que disfarçado debaixo de camisas e jaquetas, ele sempre sente que está escondendo alguma coisa, um segredo que, por mais que não queira, todos conseguem ver.

Tomás toca o ombro, quase acariciando-o. Chegou a sua hora, Manf.

Quando era criança, não se atrevia a trocar de roupa na escola. Como as aulas de Educação Física eram à tarde, as últimas do dia, sempre usava a desculpa de que preferia tomar banho tranquilo em casa. Claro que isso gerou vários boatos, mas pelo menos os colegas não ficavam insistindo. Que acreditassem no que quisessem. Uma vez tinha escutado uma colega falar de queimaduras, de cicatrizes. E, sim, era melhor assim.

* * *

Não há ninguém mais na sala de espera. A secretária olha para ele de vez em quando. Pergunta se ele quer um copo d'água. Pede os dados do plano de saúde. Tomás se sente estranhamente nervoso. É um procedimento rápido, apenas alguns minutos. Precisará usar um curativo por um tempo. Nada grave. Nada de outro mundo. Esta frase sempre chamou sua atenção: nada de outro mundo. A mãe a usava para minimizar as dores dos filhos; ela, a doutora. Se eles reclamavam de dor de cabeça ou berravam depois de caírem da bicicleta, ela dizia, com um meio sorriso: "Ai, crianças, não é nada de outro mundo." Como se alguém só tivesse direito de reclamar de dores extraplanetárias. Embora talvez de fato existissem dores de outros mundos, dores que deixavam este mundo em suspenso, que tiravam o planeta de órbita e o deixavam lá, fora da galáxia, à deriva. Como quando a mãe dele por fim entendeu que o marido não voltaria mais. Ela se trancava no quarto para chorar. E mordia os travesseiros para não soltar uivos que assustariam os filhos.

O pai de Tomás se foi e eles ficaram para viver nesse outro mundo onde agora cabiam todas as dores. Embora ninguém dissesse nada. Embora, nas fotos daqueles anos, todos apareçam, como sempre, cheios de sorrisos e votos de felicidade.

* * *

— O doutor vai atendê-lo agora, senhor Toledo — diz a secretária em um tom talvez muito baixo.

Como se ela também soubesse do segredo. Como se ela também sentisse vergonha.

Tomás se levanta, e seu ombro pesa.

Ele tem certeza de que Valeria o deixou por culpa de Manfred. Ela nunca disse isso assim, claramente. Mas era bastante evidente. Quando estavam na cama, ela sempre fechava os olhos. Nunca, mas nunca mesmo, os abria. Bastava ele tirar a camisa e pronto: olhos fechados. Depois gemia, gritava, e se virava para, assim, voltar a abri-los. O sexo não era ruim. Pelo menos era o que Tomás acreditava. Tinham falado a respeito de datas para se casar, ele e Valeria. Tinham procurado apartamento para morarem juntos. Tinham conjugado muitos verbos no tempo futuro. Talvez verbos demais. E lá estava Tomás agora. Recostado em uma cama de hospital. Sozinho.

— Está sentindo dor?

— Nunca sinto dor.

Era o que Eduardo sempre respondia quando Tomás chegava correndo para buscá-lo na escola. Porque era ele quem Eduardo chamava, nunca a mãe. Por coincidência,

Tomás dava aula perto da escola onde o irmão menor estudava. Era sempre a mesma coisa: um dos inspetores ia chamá-lo na sala dos professores. "É o seu irmão de novo", dizia, olhando para baixo, com cara de cansaço. E Tomás corria para se deparar com um hematoma no olho esquerdo e as calças rasgadas nos joelhos. Os sapatos sujos. Ou o catarro escorrendo pelo nariz, misturado com lágrimas e sangue.

— De novo, Ed? Quer que eu fale com a sua professora? Com o diretor?

Ed não falava nada, apenas levantava o rosto. Tinham doze anos de diferença e, naquela época, isso parecia um abismo. Não tinha jeito, os colegas pareciam querer tornar a vida de Ed impossível. Batiam nele no recreio, roubavam o lanche dele, deixavam coisas podres na sua carteira. Havia vídeos de tudo isso no YouTube.

Quando era criança e Tomás o pegava nos braços, Ed sempre colocava uma mãozinha em Manfred. Não tinha medo. Na verdade, parecia gostar. Apoiava-se em Manfred como se estivesse reconhecendo um território familiar pelo qual tinha apreço. A protuberância que garantia a ele, com um, dois anos, que aquele era Tomás, era seu irmão mais velho, e tudo, absolutamente tudo, ficaria bem.

Agora Eduardo estudava medicina. Queria ser cirurgião. Quase nunca conversavam.

* * *

Tomás sente que estão raspando o caroço. Ou melhor: escuta o rasparem. Sentir, não sente nada. Somente a textura do lençol, cobrindo a maca, contra o rosto, o frio do ar-condicionado. Tomás escuta a voz do médico e o barulho dos instrumentos sendo colocados em uma bandejinha. E o som do telefone lá fora, na recepção.

Tenta pensar em Luisa.

Nela e em sua voz tranquila, em seu jeito de sorrir sempre olhando para baixo, tímida, como se sorrir fosse algo do que se envergonhar.

Ela e suas blusas sempre brancas, impecáveis, que ficavam um pouco transparentes contra a luz e que ele se imaginava desabotoando, às vezes com paciência, às vezes afobadamente. Fazendo os botões voarem para todos os lados.

Ou ela se despedindo de longe, ao fundo de um corredor, enquanto ele pensava "Que idiota que eu sou, por que não me ofereço para levá-la em casa?", e em seguida se virava para descobrir que ela não estava mais lá.

— Pronto — diz o médico. E dá uma palmadinha nas costas de Tomás. — Já pode se vestir.

A última vez que viu o pai foi no dia de sua formatura. Ver é maneira de dizer. Conseguiu identificá-lo de longe, no fundo do auditório. Voltou a avistá-lo na saída. Enquanto a mãe e os irmãos o rodeavam e o parabenizavam, um homem olhava para eles do outro lado da rua. Pensou em gritar para que se aproximasse. Não por ele, muito menos pela mãe. Por Ed, por Sofía, que provavelmente já não o reconheceriam se o encontrassem na rua. Sua intenção não era buscar a reconciliação, e sim uma despedida, um encerramento. Mas o pai deu meia-volta e foi embora com pressa.

— Você quer ver? — pergunta o médico, e seu rosto se deforma em um sorriso.

Tomás tenta sorrir de volta. Não diz nada, mas estica o braço, com a palma da mão estendida. O médico entrega a ele um frasco de vidro. Tem gordura e um pouco de sangue. Pelos também. Talvez ele esteja imaginando, mas acha que consegue enxergar uns dentes, pequenininhos, na mistura.

Teratoma é o nome científico de Manfred. Tomás respira fundo. Faz sentido, depois de tudo: *Tera*, em grego, significa "monstruoso". Pensa em dizer isso ao médico, mas ele já se dirige à porta.

Com cuidado, veste a camisa. Procura o telefone e escreve uma mensagem para Luisa ("Que tal sairmos para comer amanhã?").

Já na rua, desce as escadas em direção ao metrô, bem devagar e com o frasquinho na mão. Sentindo-se incompleto, talvez mais sozinho.

3

CLEAN

ELA GOSTARIA DE BLOQUEÁ-LO, MAS SENTE UM POUCO de pena. Além disso, é obrigada a vê-lo todos os dias. Então ignora as mensagens (uma toda manhã, outra à noite antes de ir dormir) e sorri para ele como se nada estivesse acontecendo. E de longe. Evita a sala dos professores nos momentos em que ele está, prefere almoçar um sanduíche sozinha no pátio do ensino médio. (Não fica tão sozinha assim, alguma aluna sempre acaba se aproximando.)

Faltam só três meses. Luisa conta no calendário, riscando cada dia que passa.

Não gosta de dar aulas. Nunca gostou. Mas essa foi a única coisa que sua pontuação no vestibular permitiu. Não importa. Em breve vai conseguir juntar o suficiente para comprar uma vida nova.

Acabou responsável por uma turma do último ano do ensino fundamental, trinta meninas. Uma panela de pressão de hormônios e dramas ridículos. "Ai, meninas", diz a elas às vezes, sentindo-se em um pedestal que não lhe cabe. "Ai, meninas", e elas respondem com "*miss* Luisa", com a pronúncia pretensiosa de escola britânica. Sabe que as alunas a admiram, que nos fins de semana se juntam para falar dela e imitar seu penteado (uma trança longa e embutida) e sua forma de falar. Os "is" prolongados, o sorrisinho enquanto uma delas vai até a lousa.

Sabe que a procuram no Facebook e em outras redes sociais, sempre dando de cara com o cadeadinho. Perguntam sobre a vida amorosa ("Ai, meninas") e a família dela. Querem saber de que filmes gosta e das músicas que escuta quando está caminhando até a escola com o enorme fone. Consegue ver os olhos delas a analisando dos pés à cabeça: eles se detêm no brilho labial, na blusa branca e na saia perfeita; nos sapatos, sempre coloridos. Aqueles que ela compra pela internet em lojas europeias para garantir que ninguém, ninguém mesmo, apareça na rua ou na escola com um par parecido.

* * *

Foram suas alunas que contaram que Toledo sempre falava dela. Que perguntava como estavam indo as coisas com a professora de Espanhol. E elas fingiam que não sabiam de nada, vendo-o transpirar de nervosismo. O esquisito do Toledo, diziam, por pura maldade. Quando, na verdade, nem era necessário falar o sobrenome dele. Bastava dizer "o Esquisito". Disseram (as alunas) que ele às vezes recitava poemas do nada, em plena aula. Que os olhos dele se enchiam de lágrimas quando lia Vallejo e Teillier, que se oferecia para levá-las em casa. E elas sempre recusavam. Disseram (os colegas) que não havia ninguém mais dedicado do que ele. Que todos os anos ele ganhava os prêmios de melhor professor, que tinha mais disposição: sempre substituindo-os quando precisavam ou vigiando as alunas nas festas da escola. Todos, absolutamente todos, tinham uma opinião sobre o Esquisito. E Luisa, bem, tinha toda a atenção dele. Cada vez que ela o flagrava encarando, seu rosto parecia que ia derreter. Ele enviava e-mails com links de artigos que talvez lhe interessassem (e que ela raramente abria) e até músicas. Segundo ele, para fazê-la se sentir acolhida. O primeiro emprego como professora pode ser bem difícil, comentara enquanto servia a ela mais uma xícara de café (que Luisa não havia pedido).

A boa moça, diziam as mulheres do departamento de Linguagens, meio de brincadeira, meio de pura inveja. A boa moça com o colar de pérolas (falso), com a blusa sempre bem passada e sapatos coloridos. E Luisa mantinha a história porque não tinha motivo para frustrá-las. Não via nenhum problema em viver uma mentira por alguns meses. Rapidamente se esqueceriam dela e do colar de pérolas.

Clean era o nome da página. *Kirei*, em japonês. E ali Luisa também era outra. Miss Pearl, tinha se batizado meio sem pensar, quando preencheu o formulário online. Fez o upload de fotos e até de um vídeo curto. Os dados do PayPal também, é claro. Trabalhava à noite, quando, no Japão, todos os executivos estavam se levantando, ou nos fins de semana fazia com que os horários batessem (programava o despertador e maquiava a falta de sono) com as tardes em Tóquio. Gostava de imaginá-los. Longe. Ligando o computador, clicando no perfil dela, o corpo reagindo às imagens na tela. Miss Pearl sem pérolas, Miss Pearl com quase nada além dos produtos de limpeza. Seu apartamento nunca tinha estado tão reluzente. E eles não podiam falar com ela.

Perfeito.

Às vezes ela gostava de torturar um pouco o Esquisito. Gostava de ligar enquanto ele estava dando aula e não podia atender. Ou desabotoar um dos botões da camisa antes de pedir algum conselho a ele. Era tão previsível que não tinha muita graça, mas Luisa ficava entediada nos horários ociosos da escola. Principalmente depois de horas em reunião com os responsáveis, todos esperando que ela dissesse que as filhas eram superdotadas, e mal podendo conter a decepção quando Luisa recomendava que contratassem um professor particular para ajudá-las com a gramática, com a ortografia. Para melhorar aquelas notas horríveis. Ou quando tinha que contar a uma mãe desavisada que a filha não estava comendo ou que corria para se trancar no banheiro depois de cada almoço. Às vezes os pais não tinham ideia de quem eram os filhos de verdade. Às vezes, na realidade, os pais não sabiam nada de nada.

Todas as sextas-feiras o Esquisito começava a rodeá-la com mais intensidade que no resto da semana. Ele sabia os horários dela de cabeça e aparecia no pátio, bem em frente à porta, ao fim de cada aula. Tentava fazer cara de surpresa, e ela meio que sentia vontade de gritar. Suas alunas percebiam, e algumas soltavam um "Uiiii-uiii" bem melódico e inoportuno. Luisa não ruborizava porque não sentia vergonha. Era outra coisa. Era como se se sentisse pegajosa, e nada a deixava mais irritada do que isso. E assim, toda sexta-feira, precisava inventar uma nova desculpa: minha melhor amiga que mora fora está na cidade, fiquei de cuidar dos meus sobrinhos, tenho tanta, tanta prova para corrigir. Você nem imagina. E ele se fazia de compreensivo, um perfeito cavalheiro, apesar de todas as mentiras baratas. E o pior: não desistia. Estava ali na sexta-feira seguinte. Sem falta.

Na página do *Clean* não importava quem ela era. E, no início, fez aquilo por pura curiosidade. Mas o dinheiro não era nada mau. Para começar, experimentou com roupa. A câmera ligava e ela passava o espanador em mesas e superfícies, arrumava a cama com cuidado. Limpava os vidros. Sem música. Nada. Mas esse serviço não pagava tão bem. De qualquer jeito, não importava. Ninguém a conhecia no Japão. Para eles, ela era Miss Pearl, que ia tirando as peças de roupa à medida que arrumava o apartamento, tão pequeno. Miss Pearl, que passava as blusas brancas diante da câmera vestindo lingerie de renda. Nada de brilho. Nada de lantejoulas. Uma vez comprou um espanador bem rosa, achando que seria mais sexy, mas o cliente reclamou. E não deu gorjeta. E a gorjeta fazia toda a diferença. Então ela voltou ao espanador acinzentado, a limpar o banheiro de quatro e sem nada além do produto de limpeza. Nada de luvas, também. E, no fim da sessão, Luisa ficava com as mãos ardendo.

Começou a se cuidar mais, a comer melhor. Nada de fritura nem chocolate. Saía para correr pela manhã. Os clientes não tinham reclamado, mas Luisa não podia relaxar. Não quando as solicitações e as estrelinhas aumentavam semana a semana. Não quando ela estava tão perto de juntar o dinheiro da entrada para comprar um apartamento.

As meninas ("Ai, meniiinas") começaram a se apegar a ela. Vai saber como (provavelmente o Esquisito contou), ficaram sabendo de seu aniversário, e quando Luisa chegou à sala de aula naquela manhã se deparou com centenas de balões, biscoitos e mensagenzinhas bregas no quadro. "Ai, meniiinas, não precisava." E Luisa, com a blusa branca que tinha passado com lentidão minuciosa, o corpo banhado no suor de um apartamento excessivamente aquecido, para um tal Tomiko-san. Deram a ela de presente uma agenda com borboletas (horrível) e um caderno no qual as trinta alunas haviam escrito poemas e feito desenhos. Tentou parecer sensível, soltar umas lagrimazinhas, mas nada. Toledo também apareceu no fim do dia, com flores. Pelo menos à tarde ele tinha saído para resolver umas coisas e não voltou a assediá-la. Ela odiava se sentir em dívida. Antes de ir embora, ele comentou, baixinho: "O meu é daqui a três semanas." E ela abrira seu sorriso digno de Oscar de melhor atriz coadjuvante.

Ao chegar ao apartamento (cheia de presentes de alunas e colegas), Luisa toma um longo banho. Ela recebeu alguns e-mails de aniversário. Sua mãe, como sempre, se esqueceu de ligar. Ou talvez mande alguma mensagem quase no fim do dia. Luisa não programou nenhuma comemoração. Provavelmente vai dormir cedo.

Luisa usa gel de banho e cremes especiais para o cabelo. Esfolia as pernas, o rosto. A água leva embora o nojo do dia e os sorrisos falsos. Ela gosta de tomar banho com a água bem quente, que faz o corpo doer. Sair com a toalha enrolada e a pele vermelha. Abre a janela para deixar o vapor sair. Larga uns produtos jogados aqui e ali (uma escova de cabelo, um enxaguante bucal) para ter o que arrumar depois.

Só uma hora, promete.

Às vezes pediam coisas estranhas (Luisa sempre dizia não). Nada de usar os produtos de limpeza para algo que não fosse, bem, limpar. Eles mandavam mensagens em inglês, às vezes um deles tentava praticar o espanhol aprendido em alguma escola cara de Osaka. Ela mal respondia. Nunca tinha sido muito boa com o inglês. Não importava. Quase todos voltavam. Para vê-la passar roupa com o corpo esbelto, o abdômen contraído, as gotas de suor escorrendo pelas costas, pelos braços. Para ver seus peitos balançarem enquanto ela esfregava pela enésima vez a cerâmica do piso do banheiro (e os joelhos depois doíam por horas). Para ver a cidade refletida nas janelas que ela limpava (a câmera apontando de baixo para cima, para aquela bunda da qual ela se orgulhava).

* * *

Em cima da cama, o computador emite sons. Há três solicitações aguardando. Dois desconhecidos e Tomiko-san (o sistema diz que é a quinta vez dele). Luisa termina de abotoar o vestido (prefere ele às calças: quanto menores os botões, melhor) e se senta no colchão. Escolhe um dos novos. Pergunta o que ele quer. De qualquer maneira, não são tantas opções, mesmo assim ela espera, paciente, enquanto Fukura-san decide. "Banheiro", diz ele depois de alguns minutos que parecem uma eternidade.

Lá fora já começa a escurecer.

Luisa pega o computador e o deixa no banheiro, em cima da privada. Virado para baixo. Pega uma escovinha e um produto de limpeza com cheiro de maçã. Liga a câmera e fica de quatro (ai, os joelhos).

Luisa se demora. Ou, melhor dizendo, Miss Pearl. Aos poucos vai esfregando o rejunte entre as cerâmicas, aos poucos vai desabotoando o vestido. De joelhos, deixa o vestido em cima da pia. Seca gotas de suor imaginárias da testa e depois, como se não fosse nada, como se fosse a coisa mais lógica do mundo, abre o sutiã de renda branca e posa por um segundo levantando os seios. Estão doendo um pouco. Ela deve estar para ficar menstruada. Mas Fukura-san não precisa saber disso.

Luisa leva as mãos de volta ao piso, à escovinha ridícula, e uma mensagem aparece na tela. Os clientes precisam pagar a mais por isso. Seu serviço é do tipo silencioso: nada de perguntas a menos que esteja disposto a pagar mais. Ela morde os lábios e aponta para seus mamilos congelados (será que Fukura-san sabe que é inverno no Chile?).

— *Are you clean?* — É a pergunta.

Luisa demora um pouco para responder.

— *Yes* — diz.

Luisa sorri para a câmera e se inclina para pegar a escovinha. Uma nova mensagem a interrompe.

— *Are you clean?*

Pensa em responder "Não" para ver se essa é a resposta que o cliente espera dela, mas, em vez disso, digita rapidamente: "*What do you want?*" Espera que não soe mal-educado. Sente dor nos joelhos, e aproveita para colocar o computador em uma das prateleiras. Pega o limpa-vidros e borrifa no espelho.

A resposta demora a chegar.

— *Are your ears clean*?

Luisa acha que entende. Em cima do armário, há uma caixa de plástico cheia de algodão e cotonetes. Ela os pega com uma das mãos (a outra continua segurando o limpa-vidros).

— *Could you clean them for me*?

(A tela mostra que Fukura-san adicionou uma gorjeta substancial ao pagamento.)

Luisa solta o limpa-vidros e tira um cotonete da caixa. Primeiro, molha a ponta em um pouco de colônia (uma barata, de criança, que gosta de usar às vezes quando está sozinha em casa). Olha para a tela enquanto introduz a pontinha de algodão em uma das orelhas.

Ela se sente fria. Limpa o ouvido.

Termina e umedece a outra ponta. Explora a orelha esquerda. Olha para a tela, séria. Não se apressa. Tem vontade de escrever: "*Are you happy?*", mas se contém.

Nova mensagem.

— *Are you clean now*?

— *Yes* — responde ela.

Luisa tira o restante da roupa e fica nua em frente à câmera.

— *Good.*

Fukura-san termina a conexão e Luisa se senta na beirada da banheira. Está toda arrepiada. O frio entra pela janela do banheiro.

Chega uma nova solicitação. Luisa desliga o computador.

Em cima da cama, o telefone vibra.

"Que tal sairmos para comer amanhã?"

O corpo de Luisa cheira a maçãs e limpa-vidros.

As mãos e os joelhos doem.

Ela responde à mensagem com uma carinha feliz.

4

UM CORAÇÃO MENOR

NÃO SABE POR QUE ESTÁ TÃO IRRITADO, MAS TEM VONTADE de gritar com todos. Um a um, vai pondo os anzóis na caixa. Na cozinha, a esposa prepara às pressas sanduíches de atum com tomate (dá para sentir o cheiro de peixe da sala), ziplocs cheios de palitos de cenoura e duas maçãs. Antes, ela o acompanhava. Antes, quando eram mais jovens. Agora Caro está grávida de oito meses, e a verdade é que José não sobreviveria mais de uma hora sozinho com ela. Ele não pode dizer isso, claro. Faz um tempo que há muitas coisas que ele não pode lhe dizer e que ficam engasgadas.

Caro sorri da cozinha. Os pés e o rosto dela estão inchados, e aquela gravidez foi um descuido. E ali está ela, montando um lanche saudável para ele quando ela, sempre que pode, engole uma batata frita atrás da outra assistindo à televisão. José apoia as duas varas perto da porta de entrada e deixa o chapéu de pescador em cima da cadeira. Tomás está lendo sentado à mesa da cozinha. Não quis ir com ele. Não teve jeito. Caro também tentou intervir, mas Tomás prefere ficar agarrado aos livros, esconder o rosto, proteger-se de tudo. Um pequeno bunker no meio de uma família à beira do precipício.

Estão há sete dias em uma cabana no sul e todos já estão meio incomodados. Caro se finge de doente, Tomás fica lendo sem olhar para eles e Sofía passeia de um lado para o outro querendo atenção. Ela faz sua aparição vestida de Branca de Neve, o cabelo todo bagunçado.

— Posso ir com você? — pergunta.

"Claro que não", ele quer dizer. "Você fica entediada e estraga a minha tarde." José conjuga tudo em um presente raivoso. Sente vontade de pegar o carro e voltar para Santiago, apesar de a cidade estar derretendo e de ele gostar muito do sul. Caro, porém, arregala os olhos e olha para ele esperançosa.

— Pode ser, José? Você pode levar a Sofi com você?

Sofi faz passos de balé inventados e dá voltas ao redor dos pais. Vai de Caro a José dando pulinhos e balançando uma varinha mágica que enche de purpurina o piso de madeira.

Vão passar as férias inteiras encontrando brilhinhos entre os dedos dos pés, nos sapatos e nas sandálias.

Não é um pai ruim — José adora a menina —, mas neste exato momento preferiria que ela ficasse com a mãe assistindo a desenhos animados. Já que Tomás não aceitou acompanhá-lo, ele também quer um tempo sozinho. Na verdade, ele e Mario, o pescador e dono do bote. Mario que, a qualquer momento, chegará para buscá-lo.

Caro deixa uma bolsa em cima da mesa. Tem mais sanduíches do que o necessário para duas pessoas. Até mesmo para três. (Ela sabia? Foi ela quem pediu a Sofi para se oferecer para ir com ele?)

— Posso, papai? Posso ir com você?

Sofi se apoia nos joelhos dele e o encara com os olhos verdes. O vestido de Branca de Neve está um pouco grande nela. José não consegue evitar um sorriso. E Sofi traduz a expressão como um "Sim, claro que sim, nada me deixaria mais feliz do que ir pescar com você". José se dá conta disso um segundo tarde demais. E a única coisa que consegue fazer é pedir para que, por favor, troque de roupa. Que as princesas não saem para pescar.

Caro também sorri. E ele traduz isso como um "Obrigada, você é o melhor", embora o que Caro pensa de verdade seja "Por favor, por favor, leve-a com você". Ficar com o filho mais velho é outra coisa. Com ele, podem brincar de ser invisíveis. Tomás sossegado lendo na sala e ela tirando um cochilo infinito. Ela e sua barriga planetária.

São só alguns minutos, mas para José parecem uma eternidade. Então Sofi surge com uma fantasia de pescadora. Ela até escolheu uma camiseta com peixes de lantejoulas (lantejoulas que ficarão no fundo do bote, que se misturarão com o sangue dos peixes, brilhando ao sol). Além disso, um short jeans. E uma sandália da Pequena Sereia (dadas de presente pelo sogro, que comprou na última viagem a Miami; malditos sejam todos os que podem sair de férias para a Disney). Caro pega um protetor solar e espalha o creme viscoso pelos braços e pelas pernas de Sofi. Põe um pouco nas mãos dela e pede que passe no rosto. Ela obedece com um pouco de nojo, fica incomodada com o creme entre os dedos, fica incomodada com o creme entrando nos olhos, e deixa cair algumas lágrimas.

Isso vai ser um pesadelo.

Isso vai ser fantástico.

Isso vai ser.

Porque Mario já está chegando com sua caminhonete. Caro veste uma bata e ajuda José a levar a caixa de anzóis, os lanches e um par de guarda-sóis. "Está levando o repelente?", grita para ele quando o carro começa a andar, e José finge que não escutou. Vai no banco de trás, acompanhando Sofía, com a cabeça apoiada no vidro da janela e já bastante arrependido de tudo. A menina sorri e se despede balançando a mão direita energicamente. Tomás não tira os olhos do livro.

Caro fecha a porta.

Enfim sós.

Mario conversa com Sofi durante todo o caminho, apesar de ser perceptível que ele também não gostou da ideia. Pergunta a ela quais são suas princesas favoritas (Branca de Neve, Bela e Ariel), o que ela gosta de comer (morangos com chantilly, sorvete de chocolate) e até pede que recite uma poesia que acabou de aprender na escola. Sofi está contente. Faz dias que ninguém pergunta tantas coisas a ela. Faz dias que não olham tanto para ela. A menina está radiante de alegria. Mario também sorri, mas por outros motivos: pelo incômodo que vai ser estar com ela no bote, pelo tanto que ela vai reclamar por causa das moscas e do sol que, não importa quantas camadas de protetor passe, vai deixá-la vermelha como um tomate.

Mario olha para ele pelo retrovisor. José não diz nada. Na verdade, é um lindo dia.

Caro entrega um chá com leite e umas torradas com abacate para Tomás, que mal agradece. Não importa. Ela só precisa mostrar a si mesma que é uma mãe preocupada com a alimentação do filho e, agora que fez isso, pode ir se trancar no quarto. Tomás não vai sentir falta dela. Centenas de páginas de paz. Caro fecha a porta e abre todas as janelas para que entre a brisa fresca, deliciosa a esta hora. Poderia ler, mas não quer. Prefere ficar deitada, com os olhos fixos no teto. Eduardo se mexe, causando um incômodo nas costelas, ela quase não consegue respirar. Caro se sente completamente invadida. Acha o nome Eduardo adulto demais, então, em segredo, o chama de Ed. Eduardo, como o avô paterno do marido. José nunca falava muito dele, mas, quando Caro mostrou o teste de gravidez com dois risquinhos azuis brilhantes, ele perguntou se o bebê poderia se chamar Eduardo. "E se for menina?", Caro dissera. Se for menina, você escolhe, o marido respondeu. E ali estava Ed, chutando, sem deixá-la dormir. As crianças já estavam ansiosas. Sabiam que ele poderia chegar a qualquer momento.

Caro vai até o banheiro para lavar o rosto. Evita se olhar no espelho. Faz meses que não gosta de se ver. Sente a água correr pelas bochechas, pelo pescoço. A camiseta do pijama fica respingada e úmida. Não importa. Ela se sente fresca. Abre a porta e olha para a sala. Tomás continua no mesmo lugar, mas não tem mais pão no prato na frente dele e o chá não está mais fumegante. Não consegue ver se ele tomou. A casa está tranquila sem Sofía e José. Ela se sente culpada por pensar isso, mas prefere assim. Pelo menos por hoje. Não tem vontade de pensar no almoço nem de animar José. É cansativo tentar suavizar o mundo para que ele não se irrite e não grite com as crianças. Para que não insista tanto que Tomás jogue bola ou corra com ele, para que deixe Sofía cantar, sim, pela enésima vez, sim, o mais desafinada possível, aquela música das princesas. Ninguém acha que ele é obrigado a gostar dessas coisas, mas pelo menos tem que conseguir fingir um pouco. Eles percebem, José, é o que ela diz todas as noites a ele, já na cama. Percebem sua raiva, seu incômodo. Ele nunca diz muita coisa e Caro consegue sentir que até Ed percebe tudo. Só sendo cego para não perceber.

— Sofi, sente com cuidado e, a partir de agora, preste atenção em tudo que eu disser, tudo bem?

José tenta dizer isso com o seu melhor sorriso, e Sofía sorri de volta. Não diz "Sim, papai", tampouco assente, mas pelo menos está ali, sentada, com a mochila que leva para todo lugar. Brinquedos? Lápis de cor? Nunca a abre, mas está sempre com ela, como a mantinha de Linus em Snoopy.

José se senta na frente dela. Mario se encarrega dos remos.

— Nada de colocar as mãos na água, tudo bem? Só quando eu disser que pode.

E Sofi sorri outra vez. Faz calor e o sol os atinge em cheio, apesar da brisa suave que corre. José abre a caixa de anzóis, e o primeiro instinto de Sofía é se debruçar em cima deles. — Cuidado Sofi! — grita José, já sem sorrisos. — Isso espeta. Tem que pegar com cuidado.

Sofía olha inquieta.

— Essas penas com cores tão bonitas, que parecem insetos de metal brilhando no sol, espetam? De verdade?

José mostra um de perto, com penas rosadas, e Sofía as toca lentamente com o dedo mindinho.

Mario não participa da conversa. Faz muito tempo que não lida com crianças. Os filhos dele cresceram há muito tempo e se mudaram para Santiago, e geralmente os veranistas que vão pescar não levam os filhos; no máximo algum adolescente espinhento. O rio não está muito cheio, e isso preocupa. Tomara que tenham uma boa pescaria. Isso sempre alegra seu dia. José é daqueles que levam os peixes para casa para comer. Não é como esses gringos que fazem pesca desportiva e se acham bonzinhos porque depois devolvem os peixes para a água. Como se os peixes pudessem levar uma vida muito plena com a boca toda destruída, como se estivessem muito felizes de serem fisgados por um anzol para que tirem uma foto deles e depois os devolvam à água, feridos, para que outro gringo os pesque outra vez. José é um bom cliente. Mario só espera que a menina não comece a chorar quando ficar entediada.

Continua remando.

* * *

Caro está ouvindo música. Canções meio bobas, canções para rir, canções para chorar. Usa fones para não incomodar José enquanto ele dorme e, de alguma forma estranha, isso faz com que ela se sinta protegida. Nesse espaço seguro, estão apenas ela e suas músicas. Às vezes, em Santiago, ela vai ao cinema. É um passatempo perigoso, em todo o caso, e ela sabe disso. Em algumas ocasiões, os filmes a fazem se lembrar de que há pessoas em situações piores que a dela, que há famílias mais disfuncionais que a dela, mas existem outras que fazem com que encare a tristeza de sua situação. Sim, Caro tem certeza: se sua vida, neste momento, fosse um filme, seria um desses em que os personagens não conversam entre si e o espectador entende que eles estão infinitamente sozinhos. Que, nessa falta de acontecimentos, nessa existência silenciosa diante de telas de televisão, se concentra uma tristeza na qual se pode chapinhar. Quando se depara com algum desses filmes, Caro volta às revistas de moda por alguns dias. Nelas, não há perguntas desconfortáveis, apenas mulheres bonitas e um ou outro artigo fútil. Um território seguro.

Caro tira os fones. Fica diante de Tomás sem que ele levante os olhos do livro. Ele acompanha a leitura com um dos dedos, e o gesto a enternece.

— Tomi? O que você quer comer no almoço?

No geral, nunca pergunta, mas hoje está se sentindo generosa. Talvez até pudesse levá-lo a um restaurante do povoado, já que ela ficou com o carro e José e Sofía só vão chegar à tarde.

Tomás ainda não olha para ela.

— Quer sair? Talvez a gente possa provar aquele churrasco argentino que abriu na rua principal. O que acha?

Tomás deixa o livro na mesa. É óbvio que não está feliz. Aliás, é possível acrescentar, é óbvio que não é feliz. Não neste momento. Não nestas férias.

— O que você quiser, mãe — responde, por fim.

— Ou vamos ao lago? Está um lindo dia.

— Ai, mãe. Você sabe que eu não gosto de nadar.

Caro se senta perto do filho. Ele se afasta um pouco. Incomodado.

José assobia uma canção antiga enquanto espera que algo aconteça. Está tentando há muito tempo, com anzóis de cores e tamanhos diferentes. Até o momento, Sofi se comportou como uma rainha. Observa tudo muito calada e às vezes parece hipnotizada olhando as árvores, o rio. Talvez a água a acalme. Ele também se sente melhor quando está perto do mar ou no fundo de uma piscina. Mario puxa seus anzóis, e, apesar de terem sido mordidos algumas vezes, não conseguiu pescar nada. Sofía fica tensa quando os peixes são fisgados. Fica rígida no assento e José acha que, por alguns segundos, ela até para de respirar. A filha está com as unhas pintadas de um rosa-fosforescente, com certeza ideia de Caro. Ele não gosta. Não sabe por que, mas nunca gostou de unhas pintadas.

José sente um puxão embaixo da água e se levanta. Seja o que for que esteja ali, está disposto a brigar. Mario pergunta se precisa de ajuda e José diz para ele não se preocupar, que consegue sozinho. Começa a puxar o náilon com paciência, não quer que arrebente, quer pegar esse peixe para Sofía, quer que ela se sinta orgulhosa do pai. Já consegue vê-lo na superfície da água. É pequeno. Ele deveria deixá-lo ir. Se continuar puxando muito forte, vai parti-lo. Sofi começa a dar gritinhos. José pensa que são de alegria, mas logo se dá conta de que são gritos de horror.

— Está machucando, papai, está machucando ele! — grita Sofi, agora de pé e segurando um dos braços de José.

Algumas lantejoulas se soltam da blusa da menina e caem no fundo do bote.

— Volte para o seu lugar, Sofi! — José grita, por sua vez, e em um segundo dá o puxão definitivo que traz a pequena truta para perto deles.

Mario a pega com cuidado.

O peixe está com a boca ferida e se agita, descontrolado. *Está machucando ele, papai, solte o peixinho, coloque ele na água.* Mario consegue tirar o anzol e a truta escorrega entre suas mãos. Ela se debate, desesperada, e os gritinhos de Sofi ficam mais e mais agudos. Cale a boca, por favor.

Mas ela está aterrorizada, as lágrimas escorrem pelas bochechas e o rosto está vermelho de decepção e raiva. Apesar disso, o medo de chegar perto é mais forte e ela fica sentadinha enquanto a truta se debate sem parar, batendo no saco com os sanduíches, os palitos de cenoura e as maçãs.

5

FOLHAS

SOFÍA TENTA ESCREVER PELA SEGUNDA VEZ NA MANHÃ, MAS não sai nada. As páginas do caderno estão muito úmidas, moles, e três lápis já quebraram. Em momentos como este, só pensa em ir embora, todas as razões para estar ali vão esmaecendo uma a uma, sem peso.

Sofía resmunga. Passa a mão pelo cabelo molhado de suor, acha que vai explodir de tanto calor.

Ninguém lhe disse que seria assim. Ou, na verdade, disseram, sim.

Ela que não quis acreditar.

Procura uma camiseta nova. A que está vestindo começou a cheirar mal, e ainda são só onze da manhã. Toda a roupa dela está guardada em ziplocs dentro de uma mochila enorme. Isso foi recomendação de um dos chilenos que fizera um estágio na estação uns meses antes. Eles tinham se conhecido em Santiago, em uma sessão informativa. Depois foram almoçar juntos algumas vezes, ou tomar café, para que Lucas — era esse o nome dele — pudesse lhe dar conselhos. Estar informada fazia com que se sentisse mais tranquila. Sempre tinha sido assim. Como se, com muitas anotações, pudesse manter o mundo sob controle.

Sofía está há três semanas na estação. Faltam mais seis.

E ela quer gritar.

Foi Lucas quem recomendou que ela fizesse anotações.

— Não faço ideia do motivo de você querer ir se perder naquele lugar — disse ele. A espuma do café grudou no bigode dele e Sofía fingiu que não viu. — Mas leve folhas: de livros, de cadernos, e lápis. Você vai se sentir muito sozinha, vai ver só.

E isso, que ele dizia como uma advertência, soou para Sofía como um verdadeiro paraíso. Era exatamente o que ela queria: não conhecer ninguém, e que ninguém soubesse quem ela era e qual era a sua história. Ter tempo para pensar e fazer coisas simples. Deixar que as mãos fizessem todo o trabalho e que a cabeça, por fim, tivesse um descanso. Ter luz apenas durante duas horas no dia (e quase dançar de felicidade ao redor da lâmpada quando, por fim, se acendia durante a noite, das sete às nove).

Tomar um banho rápido e frio todas as manhãs.

Dormir, exausta, embalada pelo barulho da selva.

Nunca tinha estado no parque Yasuní, e a verdade era que estar na estação era como estar em lugar nenhum. Longe de todas as coordenadas, uma viagem que durava nove horas em diferentes meios de transporte (avião, barco, caminhão, barco outra vez) para chegar a um conjunto de cabanas perdidas entre as árvores. Sim, férias em lugar nenhum. A expressão exata era "voluntariado": Sofía estava ali como voluntária graças a um cartaz estrategicamente pendurado na faculdade de Biologia.

Sofía cursava Artes, mas fazia uma eletiva na faculdade de Letras, a poucos metros da de Biologia. Além disso, e acima de tudo, nessa faculdade trabalhava Carlos, professor de Meio Ambiente I. Ela o havia conhecido em uma palestra na qual entrou por engano e ficou deslumbrada. Carlos só a somou a uma longa lista de erros que depois voltariam para cobrar seu preço.

Nas manchetes de todos os jornais.

* * *

Sofía se deu conta disso alguns meses tarde demais. Primeiro, notou os rumores, nos quais tentou não acreditar. Depois, os cartazes e as mensagens anônimas que apareceram colados no campus inteiro acabaram de partir seu coração. E, apesar de o coração dela ser melodramático ao extremo e de sua primeira intuição ter sido pensar em frascos de comprimidos, banhos em banheiras com água avermelhada e saltos no vazio, por fim suas ideias foram capturadas pelo anúncio que, dos muros do campus, oferecia experiências únicas na floresta chuvosa do Equador. Sem necessidade de experiência prévia, apenas vontade de ajudar. No cartaz, tudo era verde, árvores e mais árvores e uma menininha com um sorriso enorme que oferecia seu depoimento em um balãozinho branco de história em quadrinhos. Eram as férias de inverno, e Sofía pediu permissão para faltar também o primeiro mês de aulas do segundo semestre. Era boa aluna e, considerando as circunstâncias, era melhor que sumisse por um tempo. De toda forma, ela não queria testemunhar. Não podia.

Sofía foi instruída por Lucas.

E ali estava.

Alfonso, o cozinheiro-chefe, a cumprimenta. Hoje, espera Sofía com uma xícara de café "pingado" com uma gota de leite, como ela gosta, mas Sofía tem certeza de que ele a odiou nas primeiras semanas. Para Alfonso, era só outra estrangeira, outra filhinha de papai que chegou chorando na cozinha, bramindo por gelo depois da primeira picada de vespa. Todos riram dela.

— Pare de chorar, menina. Isso é só para deixar você mais valente. É para te dar força, você vai ver.

Para Sofía, parecia que tinha cortado o braço com um facão, de tanta dor que sentia. A palma da mão estava ardendo e começando a inchar. Deram a ela um copo com gelo e Sofía manteve a mão ali dentro até que os cubos derretessem por completo (tempo este que pareceu segundos).

A verdade é que nos primeiros dias ninguém falou muito com ela. Nem os cozinheiros, nem os rapazes responsáveis pela estação (professores, como Carlos), nem os cientistas estrangeiros que faziam pesquisas sobre macacos e pássaros. Cada um concentrado em seu mundinho. Nos primeiros dias, Sofía viveu apenas dentro da própria cabeça e nas folhas dos cadernos. Lucas tinha razão: ela nunca havia se sentido tão sozinha na vida. Também não podia se comunicar com o mundo lá fora: embora houvesse a possibilidade de se conectar à internet, era caro e, o pior, malvisto. Cada vez que chegava com suas notas de dinheiro gastas e quase se desintegrando por causa da umidade, a encarregada, Gaby, a olhava como se Sofía fosse alguém de categoria mais baixa, um ser fraco, inferior. Aos poucos, deixou de ir. De qualquer maneira, os únicos e-mails que recebia eram de Lucas e da mãe, para saber se ela estava viva, além de Ed, mandando links de algum vídeo divertido, e de Carlos, para perguntar, várias e várias vezes, no campo do assunto, sem nenhuma outra linha no corpo do e-mail: "Você está bem?"

Sim, ela se permitiu. Podia sumir por um tempo.

As notícias, ela nunca via.

Por coincidência ou não, começou a ter um lugar na rotina da estação. Ela se ofereceu para madrugar e ajudar Alfonso na cozinha. Então, depois de tomar café e lavar a louça, enquanto os cientistas se instalavam na biblioteca (o único lugar da estação com ar-condicionado) ou saíam para fazer caminhadas pelas trilhas que cortavam a floresta, Sofía pegava um balde com produtos de limpeza e passava de cabana em cabana fazendo faxina. Ninguém havia perguntado nada a ela, mas todos a olharam com surpresa. A pessoa responsável pela limpeza tinha ido embora poucos dias antes da chegada de Sofía, e ainda não haviam encontrado um substituto. À noite, eles jogavam cara ou coroa para decidir os turnos, até que, uma noite, de uma das mesas vazias, Sofía levantou a voz e disse que faria a limpeza. Ninguém se opôs. Alguns poucos riram, incomodados.

No geral, os cientistas eram bastante limpos. Deixavam as botas cheias de barro do lado de fora das cabanas e penduravam as roupas em um canto específico para isso. Em cada quarto havia duas camas ou dois beliches (dependendo da quantidade de pesquisadores), uma mesa de cabeceira com duas velas e um banheiro minúsculo com chuveiro e vaso sanitário.

A tarefa de Sofía era esvaziar as lixeiras; repor as velas e as caixas de fósforo; encher os frascos de xampu e sabonete; arrumar as camas (apenas um lençol e um cobertor verde levíssimo, apesar de Sofía ter certeza de que todos dormiam em cima dele, sem se cobrir). Não tinha ventilador nem ar-condicionado e, à noite, o calor era absurdo. Pelas manhãs, ela acordava com os cabelos colados na testa e os lençóis encharcados.

No começo, só fazia limpeza. Dobrava a roupa dos pesquisadores, as toalhas, tirava o pó e tentava fazer com que as aranhas saíssem das cabanas sem precisar matá-las. Nem sempre conseguia. Pelo menos, já não sentia medo delas. Nem dos mosquitos. Apesar de ter, nos primeiros dias, dormido envolta em uma nuvem de repelente, logo se acostumou a não passar nada e a suportar as picadas com orgulho. Nada era pior do que dormir com o gosto de produtos químicos na garganta.

No entanto, conforme os dias foram passando, começou a ficar fascinada com as anotações dos outros. Todos tinham cadernos, revistas, inclusive diários. Não havia lugar para escondê-los. Ficavam em cima da mesa de cabeceira ou nas mochilas. A estação funcionava com um sistema de segurança colocado à prova. As portas das cabanas não tinham chave, não era permitido fechar nada com cadeado. No refeitório, podiam pegar os biscoitos e as frutas que quisessem, mas sempre eram comedidos. Moderados. Um equilíbrio precário, mas perfeito. Mas, sim, alguns levavam comida de Quito: caixas de barrinhas de granola, potes cheios de amêndoa ou avelãs. A fome às vezes podia ser horrível.

Sofía não lembra o que leu primeiro. Talvez as anotações de Stephen sobre os macacos. Às vezes, até encontrava um desenho ou outro. Ela sentia ternura, as tentativas dele não eram muito boas.

As anotações, possivelmente feitas às pressas, estavam escritas em uma letra apertada, feita nos segundos depois de Stephen tirar o caderninho do ziploc e da mochila, os segundos exatamente antes de tudo começar a ficar úmido. Algumas anotações estavam em melhores condições que outras. Talvez tivessem sido feitas na biblioteca, à noite. Sofía achava que tinha visto Stephen por lá algumas vezes. Nem sempre encontrava seus cadernos. Certas vezes, ela imaginava, Stephen devia levá-los com ele.

Também lia os de Hjordis, a sueca, apesar de não entender nada. Gostava de olhar aquelas palavras, todas juntas, passar as páginas, ver as mudanças na caligrafia, identificar as manchas de umidade. Mas suas anotações favoritas eram as de Diego, talvez porque ele escrevesse em espanhol e ela conseguisse entender perfeitamente. Ou talvez porque estavam sempre lá. Ele escrevia todos os dias, à noite, e na manhã seguinte Sofía tinha um novo material de leitura.

Contudo, quando o encontrava pessoalmente, quase nunca se falavam. No máximo um bom-dia ao se cruzarem. Ele nunca tomava café da manhã com os outros. Levava uma xícara de café e alguns pães com manteiga de amendoim para o escritório. Todos diziam que a selva o estava transformando: cada vez mais arisco, cada vez com menos vontade de voltar para Quito por alguns dias (como todos os outros faziam, quase desesperados). Sofía não fazia mais perguntas. Gostava de seu papel de garota tranquila, aquela que fazia o trabalho que ninguém mais queria fazer. Aquela que lia tudo o que os outros não conseguiam esconder.

Depois da limpeza, Sofía saía para se perder pelas trilhas. No começo de cada uma, tinha uma placa de madeira com um nome. Geralmente, o de um animal: puma, papagaio, macaco-uivador. Às vezes ela seguia os passos de algum dos grupos de pesquisadores; em outras, pedia a algum guia que lhe indicasse novos caminhos. Toda semana chegava gente nova na estação. Grupos de universitários deixavam tudo barulhento por alguns dias, às vezes alguns jornalistas ou equipes de cineastas em busca de imagens para um documentário. Cada um em seu mundo e sem dirigir a palavra a ela a menos que fosse estritamente necessário.

Sofía dormia sozinha em uma cabana. Na porta, havia o desenho de um puma. Ela estava sempre com fome.

Todos os dias, alguns pesquisadores ou estudantes saíam para fazer flutuação. Denominavam assim a atividade de se deixar levar pela corrente do rio Tiputini durante quilômetros, seguidos de perto por um barco da estação. Sofía sempre os acompanhava, não sem um pouco de medo. Acompanhar é modo de dizer, claro. Na verdade, eles só compartilhavam o espaço no bote. Ficava nervosa com aquela água turva que não deixava ver nada além das mãos. Imaginava anacondas e piranhas nadando entre as pernas. Toda vez que um galho passava e encostava nela, Sofía tinha que reprimir os gritos. Os outros já haviam rido o bastante dela. Mas ela gostava de entrar no rio e respirar bem fundo. Nada se comparava ao cheiro da floresta úmida, um ar que sentia que a purificava completamente, levava embora os maus momentos, lhe dava uma nova chance. O corpo ficava com um cheiro diferente, parecia diferente ao toque. A cada vez, uma nova Sofía.

Ela se acostumara a trabalhar em silêncio. No primeiro dia, tinha deixado o iPod e os fones de ouvido em uma das "caixas secas" da estação e não voltou para pegar nunca mais. Sem eles, já era capaz de distinguir os barulhos das diferentes espécies de macaco e o canto das aves. Gostava do ruído da vegetação estalando sob as botas, do som dos galhos quando abriam passagem nas trilhas. À tarde, quando voltava à cabana, exausta, logo antes do turno do jantar, logo antes da última louça para lavar, Sofía tentava fazer os próprios desenhos e anotações. Não era um diário, não no sentido literal. Nem tudo o que ela contava ali era verdade. O importante era aliviar o peso do dia e de suas histórias, sem importar o formato. Desenhava as árvores, os insetos que ia descobrindo, mas também as mudanças em seu corpo. Às vezes, acendia uma vela no banheiro à noite, tirava a camiseta suada, as calças já coladas às pernas, o sutiã imundo, e se olhava no espelho. Seu corpo brilhava, e ela o achava bonito. Apesar dos quilos a mais, apesar do cabelo sujo. Apenas nesses momentos Sofía se permitia sorrir diante do próprio reflexo.

Carlos tinha dois espelhos enormes no dormitório, costume adquirido da relação com uma ex vaidosíssima. Pelo menos era o que ele contara.

Ele gostava de olhar para ela. Ver o rosto se desfigurar de prazer (ou de dor, era difícil diferenciar as sensações quando eles se encontravam). Ela, por outro lado, sempre evitava os espelhos. Sentia-se imperfeita, inadequada: os peitos caídos, as estrias visíveis na bunda, a barriga meio grande quando ela estava em cima dele. Não, preferia fechar os olhos e sentir que o mundo se enchia de água, que seu corpo transbordava, que podia morrer, que queria morrer, naquele exato momento. Já fazia três meses que ninguém tocava seu corpo, e ela se sentia alerta. Às vezes, sem querer, Alfonso encostava nela enquanto procurava algum prato nas prateleiras ou tirava o pão do forno, e Sofía sentia um calafrio que subia da ponta dos pés até as costas. Depois, na cabana, já cansada, morta de calor, com o corpo sujo, não sentia vontade de se tocar. E, quando tentava, nada respondia ao toque. Sofía dormia com a mão dentro da calcinha ou em um dos seios; o corpo letárgico e impaciente.

Ainda hoje é difícil para ela entender a si mesma, entender o próprio corpo. Sua educação sexual tinha sido insuficiente e desajeitada. A mãe falou com ela cem vezes (ela, que não falava com a filha para mais nada, que não fazia perguntas) para assustá-la a respeito de gravidez na adolescência e das muitas doenças que ela podia contrair. O corpo era um lugar de medo, e Sofía foi se aproximando do desejo primeiro com pavor, depois com cautela, para acabar se afundando até chegar à profundidade mais escura e viscosa. Tivera sua cota de nadas. De caras em cima ou embaixo dela, rugindo como animais, enquanto Sofía gravava na memória as rachaduras da pintura do teto ou das paredes. Também a haviam deixado morrendo de prazer, mas sem nunca chegar ao orgasmo. Tinha sido beijada com tranquilidade infinita e amanhecera com hematomas nos braços e nos seios. Tinha se entediado — muito. Sempre tomava mil precauções, e ainda assim ficava aterrorizada até que a menstruação descesse. Não era a única. As amigas também foram educadas pelo terror. Todas ensinadas a ver os homens como predadores que só queriam usá-las. Não, ninguém havia ensinado a elas como lidar com o desejo. Nem com o próprio, nem com o que os outros sentiam por elas.

Na estação era difícil se sentir bonita. Ninguém olhava para ela, pelo menos era o que ela achava. Todos estavam mais preocupados com seus experimentos, com suas rotinas. O corpo ali era algo que caminhava, que comia — nunca o suficiente —, que se movia. Funcional. Básico. As mãos estavam ali para lavar pratos; as pernas, para levá-la aos lugares. Os lábios estavam ressecados, os braços, inflamados pelas picadas. O corpo, seu corpo, era um país estrangeiro a ser descoberto. Esse corpo que agora suporta temperaturas que nunca tinha experimentado antes, que era lavado com água sempre fria, que já não bebia nem comia produtos processados. Seu corpo que, às vezes, quando o desespero era muito, sonhava com outros corpos e pela manhã acordava sem ar.

Hoje é o primeiro dia que Sofía limpa o quarto de Hannah, uma pesquisadora jovem que chegou sozinha ontem. Ela não fala muito: como todos os cientistas, como todos no começo da estadia (logo não resta alternativa a não ser se encaixar, se abrir um pouco), e Sofía sente uma curiosidade imensa. Hoje, a pesquisadora pegou uma barca para ir a campo, e Sofía tem todo o tempo do mundo.

Bate na porta por precaução. Nada. Hannah já saiu.

Não trouxe muita bagagem. Apenas uma mochila. Em cima da mesa de cabeceira, há um caderno e um estojo com lápis; um livro e nada mais. O livro se chama *Anil's Ghost,* de um tal de Michael Ondaatje. Sofía não conhece o autor. Está cheio de marcas: sublinhados, anotações na margem, post-its que em alguns dias já estarão completamente irreconhecíveis. Primeiro, Sofía faz suas tarefas: tira o lixo do banheiro, limpa o espelho (evita se olhar), recolhe algumas roupas e as pendura. Arruma a cama, que tem amassados mínimos, e se senta no chão. Está muito calor. Por causa da posição, a cabana de Hannah é a mais quente de todas.

As anotações estão em inglês, mas isso não é um problema, pois Sofía entende o idioma e consegue lê-las. É uma mescla de diário pessoal com anotações científicas. Hannah vai deixar várias câmeras na floresta, para fotografar e gravar os animais quando acharem que não estão sendo observados. Ela quer vender os direitos das fotos para a *National Geographic.* Comenta que recebeu um pouco de apoio. Hannah anota tudo. Cada centavo que investiu no projeto, o custo da viagem à Amazônia, as calorias que come todos os dias, a temperatura. Sofía abre a mochila com cuidado para não mover muito o conteúdo. Tem roupa íntima, meias, um par de calças e camisetas; uma bolsa com itens de higiene pessoal, uma câmera fotográfica, alguns frascos de remédio (Sofía não consegue identificá-los) e um teste de gravidez. Nervosa, fecha a mochila com um gesto meio brusco.

Em cima da outra mesa de cabeceira há outros três cadernos, ainda em suas capas de plástico. Sofía sorri, contente, diante da perspectiva de novas leituras. Hannah pensa em ficar um mês na estação e escreve várias vezes ao dia nos cadernos. Na cabeceira da cama, alguém entalhou a palavra "calma". Não foi Hannah; a mensagem está ali desde que Sofía começou a trabalhar na limpeza, pelo menos.

Ainda não tem amigas na estação. As mulheres a evitam um pouco. Gaby, uma das encarregadas, já sorri para ela e até ofereceu a internet sem custo. No entanto, durante toda a estadia nunca teve uma conversa importante. Sempre ela e sua cabeça, ela e suas páginas. Já terminou de ler todos os livros que levou (não eram muitos; o grande leitor da família era o irmão mais velho), inclusive alguns que tinham sido esquecidos na biblioteca por outros pesquisadores do passado, na maioria best-sellers de mistério ou romance.

Neste primeiro dia de limpeza na cabana de Hannah, Sofía lê o início de *Anil's Ghost*. Apenas se atreve a ler umas poucas páginas, tem medo de se distrair demais e perder a hora. Não quer que Hannah a flagre se intrometendo em suas coisas. Sofía é especialista em passar despercebida, em ser invisível, mas também tem um talento especial para inspecionar a vida dos outros sem deixar rastros. Agora, na estação, Sofía mantém seu diário embrulhado em uma camiseta dentro da bolsa onde guarda a roupa suja. Ninguém vai procurar ali. Quando era criança, até mesmo adolescente, Sofía escondia seus diários em caixas de sapato no fundo do closet, e encapava-os como se fossem cadernos da escola e os guardava atrás dos brinquedos, tudo para que a mãe não os encontrasse. Sabia que ela tinha curiosidade. Que revirava as caixas e a mochila em busca da evidência de alguma coisa. (Talvez o pai tivesse entrado em contato? Sofía fumava escondida? Tinha transado com alguém?)

Uma vez, Sofía a flagrou lendo um diário de Tomás, seu irmão mais velho, que havia sido guardado em uma caixa debaixo da cama, nada inteligente. A mãe ficou pálida ao vê-la na porta. "É que o seu irmão anda tão esquisito." E foi um segredo compartilhado, sim, ainda que não da forma como ela pensava. Depois daquela tarde, Sofía também começou a ler os diários de Tomás.

Era melodramático ao extremo: toda semana queria desaparecer. Toda semana a vida era dolorosa demais. A mãe o obrigou a ir ao psicólogo, ao psiquiatra, e tentou até acupuntura. O filho estava muito perto do abismo; escapava por entre os dedos. Desenhava rostos contorcidos, demônios, seres deformados. Então Sofía contou a Tomás a respeito das leituras da mãe e o diário sumiu debaixo da cama. Sofía achou que assim ganharia o coração do irmão ou, pelo menos, sua cumplicidade, mas não. Recebeu apenas uma cara aterrorizada e um "obrigado" um pouco nervoso. No dia seguinte, a mãe não conseguiu encontrar o diário e não se atreveu a procurá-lo novamente. Sofía continuou com suas leituras; o caderno agora ficava escondido em uma sacola dentro de um casaco no closet do pai deles.

Não era um esconderijo ruim. Fazia anos que a mãe evitava aquele lugar da casa. Tinha pensado em se desfazer de tudo em certo momento, e a tia Marcela havia se oferecido para ajudar. Mas as coisas logo se complicaram entre ela e a mãe, como sempre, e não houve tempo de fazerem as mudanças. Sim, o lugar deixou de ter a aura de um museu sinistro, com todos os ternos bem-organizados, os sapatos engraxados, as gravatas infinitas, e passou a parecer apenas um depósito. Mal dava para entrar e, quando a porta era aberta, era como se o mundo inteiro fosse cair em cima de você. A primeira coisa que se via eram caixas de livros do avô, engradados com brinquedos que nenhum dos irmãos usava, mas que a nostalgia protegia de serem doados (os netos podem querer, dizia a mãe), pastas com desenhos de infância, certificado de bom comportamento, de boas notas, recordações que ninguém sabia muito bem onde guardar. Os ternos e os sapatos continuavam ali, porém misturados ao resto da história familiar.

Sofía se acostumou a escrever seus diários em cadernetas pequenas que cabiam dentro dos sapatos do pai. Quase todas estavam enfiadas dentro de umas botas de pescaria que ele usara poucas vezes. Na estação, as cadernetas pequenas eram um despropósito, por isso comprou um caderno grande, apesar de ter levado dois menores que pudesse carregar consigo. Cada um em uma sacolinha de plástico.

Se pudesse escolher um trabalho ideal, Sofía gostaria de desenhar e escrever as cadernetas que aparecem nos filmes. Aquelas anotações que os detetives das séries de suspense procuram, aqueles cadernos nos quais os assassinos traçam planos, ou suicidas deixam transparecer a sombra do desastre. Também aqueles diários com cadeadinhos dos filmes de criança. As cartas de amor entre amantes impossíveis.

Ela sabe que um mundo inteiro pode se esconder nessas páginas. Que ali estão as mentiras e os sonhos mais perversos de pessoas perfeitamente respeitáveis. A vontade de morrer, dia sim, dia não, do irmão. Aquilo que não se atrevia a dizer a ninguém mais. Que talvez nem sequer tenha dito ao psicólogo.

As páginas sabem tudo.

Quando ela contou para Carlos das ideias do irmão, ele disse para ela não se preocupar. Que todos temos vontade de morrer de vez em quando. Estavam na cama dele —

estavam sempre na cama: nada de jantares, de cinema, outros professores poderiam vê-los, outros estudantes —, ela tentando não pensar no irmão se jogando na linha do metrô ou se estatelando no asfalto. Ela também tinha pensado nisso algumas vezes. Então Carlos completara, um pouco mais sério: "A menos que haja um plano detalhado. Se houver um plano é porque a morte é mais que uma ideia."

Durante semanas, não tinha nada no diário. Tomás era um garoto triste, como tantos outros. No entanto, logo começaram as reflexões sobre o quão dolorosa era a morte por paracetamol. Um medicamento aparentemente inofensivo podia matar alguém com a pior dor de todas. Sofía já não conseguia dormir. Às vezes, chegava a se sentar junto à porta fechada do quarto do irmão, no meio da noite. Talvez assim a morte não se atrevesse a entrar.

Foram só alguns meses, mas, para Sofía, marcaram seu corpo e sua memória para sempre. Tomás começou a escrever sobre as meninas de quem gostava, a vontade de viajar, mas em todas as palavras ela percebia uma sombra. Sofía tinha medo de se descuidar e os desenhos de demônios voltarem, os rostos deformados, as marcas de veneno e as doses letais. Em poucos meses, ele foi morar sozinho.

O outro irmão, por sua vez, era uma criança feliz. Talvez a única figura iluminada da família. E às vezes isso bastava para ela. Saber que um, ao menos um, tinha se salvado.

* * *

Sofía termina de fazer a faxina da cabana, tendo o cuidado de deixar tudo no lugar. Volta para a cozinha e guarda os produtos de limpeza em um dos armários.

Alfonso está fazendo o molho à bolonhesa para o almoço, outro cozinheiro está pondo a mesa e Sofía coloca as luvas de borracha para lavar a louça que ainda resta do café da manhã.

Se perguntassem sobre Sofía, Alfonso não poderia dizer muita coisa. Ninguém da estação poderia, na realidade. Nenhuma pista para a série de detetives imaginária. E às vezes ela ri e se envergonha ao pensar nesses clichês, nesses policiais interrogando as famílias, tentando trazer à luz o que está no escuro, o que ainda não se vê. O que sua família sabe dela? O que sabe a mãe, os irmãos? Nunca conheceram Carlos, ela nunca falou dele em casa. Era proibido. Para que vamos colocar em risco algo que funciona bem assim?, dizia ele, os dois sentados no carro estacionado nos fundos do enorme campus, já de noite. Uma família que não fazia perguntas ou se contentava com suas respostas fáceis quando ela dizia a eles que tinha demorado demais na biblioteca, estudando em grupo para uma prova, ou que ia passar o fim de semana na casa de uma amiga na praia. E os dias passavam melosos no apartamento de Carlos. O desejo se confundia com a dor, tão fácil. Ela se viciou nesse desprendimento do mundo, no fato de ser amada por alguém que nunca imaginou que prestasse atenção nela e no seu olhar sempre no chão, o cabelo tapando o rosto. Tinha se viciado em ser vista por ele. Tinha se viciado nas perguntas dele, nas fotos que ele tirava dela, gravando-a enquanto ela se tocava e saía dela aquele grito que a abria e se transformava em sorriso, em uma nova forma de se render. De se apagar.

Então a pouca idade dela passou a ser um problema. E suas mentiras já não foram necessárias, porque, de repente, havia muitas desculpas, dele, para mantê-los afastados. Voltou a ser invisível. E a dor pesava em todo o seu corpo, sem escapatória. De nada serviam as páginas, nem os cortes que às vezes fazia nas coxas, nas pernas. Carlos a havia devolvido à intempérie. E ali estavam outra vez seus fantasmas, esperando por ela.

Vai saber por que decidimos amar quem amamos e quem deixamos que nos machuque.

Sofía passa a mão molhada pelo rosto, como se assim pudesse apagar as lembranças. Porque ali estão, todas, de volta a seu corpo. Voltam as mãos dele, deixando marcas, e os zumbidos das mentiras nas orelhas. Voltam a língua e os dentes dele, mordendo os lábios dela até fazê-los sangrar. Volta a vontade dela de enforcá-lo e de deixar-se matar ao mesmo tempo. Que ele lhe causasse danos. Outros danos. Dores novas que se sobreponham às velhas, gemidos que calem as perguntas de sempre. O corpo tão exausto que já não possa doer mais. Que doa de maneira diferente.

Não, ela não testemunharia contra ele.

Ele não tinha feito nada contra ela.

Ela nunca tinha sido sua aluna.

E há dores que nos salvam de nós mesmos.

Seu corpo já a havia perdoado.

Aos poucos, os cientistas vão chegando para almoçar. Sofía seca as mãos no avental e se une aos cozinheiros para ajudar a servir.

Não há música e os pesquisadores não conversam entre si, embora, de vez em quando, Alfonso assobie.

6

CORREDOR

Os únicos que parecem realmente felizes são os dois noivos em cima do bolo. Aquele em que quase ninguém tocou porque já tinham comido demais. Um bolo ridículo, desafiando as leis da gravidade. Feito de papelão. Pelo menos os primeiros andares. E talvez um ou outro no meio. Uma torre, ideia da mãe de José, que está à beira da morte e ninguém se atreve a contrariar.

O noivo de verdade, por sua vez, está sentado sozinho no bar enquanto Caro o procura entre as mesas e os convidados. O penteado dela está meio desfeito, a tiara dourada caindo faz com que ela pareça uma sobrevivente de um furacão. Restam poucas pessoas, deveriam ir para o hotel. E Caro o procura. É estranho que os amigos o tenham deixado sozinho. José toma um uísque atrás do outro (ou será outra coisa? O paladar já não consegue sentir). Mas tem que seguir, tem que seguir. Ninguém disse a ele que iria se sentir assim. Que um dia em que é obrigatório ser feliz cansa mais do que tudo.

É isto: cansaço.

Nada mais.

Quando ela finalmente o encontra, as luzes do salão se acendem, e a primeira coisa que José vê são os olhos de Caro com a maquiagem borrada e a barra do vestido toda suja.

Quando ela finalmente o encontra, Caro vê um homem desarmado que lhe devolve um olhar vazio.

Resta uma dupla de amigos que os escolta até o carro. Algum engraçadinho — Roberto? Diego? — amarrou no veículo várias fitas, balões e latas e deixou mensagens inapropriadas escritas com tinta branca nos vidros. *Tomara que não seja difícil de limpar*, pensa Caro enquanto segura a cauda do vestido (aquela que sua mãe insistiu em adicionar porque, se não, o vestido não pareceria de noiva). Os pés estão doendo, mas ela sabe que será pior se tirar os saltos. Os tornozelos estão feridos, sente os dedos roçarem um contra o outro dentro dos sapatos. Ela prevê bolhas, sangue seco, dias pisando mal. No entanto, sorri para uma última foto. E José tenta dirigir, embora ninguém devesse permitir uma coisa dessas.

Está começando a amanhecer e Caro não consegue evitar pensar que não gosta da cidade. Que tudo parece sujo. Ainda tem grãos de arroz no cabelo dela; José cheira a álcool, ao presságio de uma ressaca que amanhã o prenderá na cama. Eles dariam as mãos, mas José precisa se concentrar na direção — isso é difícil para ele, os olhos não funcionam como deveriam, o mundo está em câmera lenta —, e Caro olha para as unhas, descascadas.

Algumas coisas só acontecem nos filmes. Alguém ir embora e deixar um bilhete. Alguém gravar um vídeo dizendo "se está vendo este vídeo, é porque já não estou aí com você". Alguém chegar ao hotel depois da festa de casamento e ter uma sessão infinita de sexo selvagem em vez de cair exausto e só acordar às três da tarde do dia seguinte.

No lobby, as pessoas olham sorridentes para eles. Os noivos. Há poucos hóspedes, é madrugada e apenas alguns esperam táxis para levá-los ao aeroporto. Um ou outro murmura "felicidades" ao passar. Uma mulher segura a filha nos braços. Tem dois, talvez três anos. Está com os olhos entreabertos, mas não para de olhar para Caro. Ela tenta sorrir para a criança, arruma um pouco o cabelo, ajeita a tiara, como se a única coisa realmente importante naquele momento fosse que a menina tivesse uma boa impressão. Que, no futuro, pudesse se lembrar da noiva que viu certa vez no lobby de um hotel em uma cidade desconhecida.

José escreve seus dados em formulários que parecem intermináveis. Inventa o número do documento de identidade de Caro. Quem é que vai conferir, de qualquer maneira? Perguntam a eles se vão descer para tomar café da manhã ou se preferem comer na cama, e José responde que preferem na cama, e bem tarde.

O hotel tinha sido ideia dos sogros. Ele e Caro vivem juntos há anos, e essa coisa de noite de núpcias é idiota, pouco prática. Mas eles tinham insistido. É a tradição, disseram. Para começar com o pé direito.

O recepcionista pergunta se precisam de transporte para o aeroporto e José responde que não. Não, obrigado. No dia seguinte é só pegar o carro e voltar para o apartamento, cheio de caixas de presente. Bandejas e panelas que não cabem na cozinha minúscula, mas Caro, vai saber por que, decidiu guardar. Isso e todos os cartões de felicitações. Os votos de felicidade. Amarrados com uma fita e guardados embaixo da cama.

Nunca se sentiu tão cansado na vida.

Caro abre a porta e ri. Uma careta estranha, na verdade. Há pétalas pelo quarto inteiro. Chocolates, champanhe.

Ela se senta bruscamente na cama e as pétalas voam para todos os lados.

Vermelho. Por um momento, tudo é vermelho.

José entra no chuveiro. Diz que é para se refrescar um pouco. Do banheiro, grita para que Caro vá buscar gelo, e ela demora a escutar por causa do barulho da água.

Caro sai no corredor. Não há ninguém. Ela ouve o barulho de uma televisão ligada ao longe.

Quando se conheceram, Caro achou que não durariam mais de três meses. Havia muitas coisas que não se encaixavam bem. O sentimentalismo dela, a rispidez dele. José estava saindo de uma relação complicada. Ela estava havia muito tempo sozinha. Ele era dado a se isolar, sem atender o telefone nem abrir a porta. Ela tinha dias sombrios nos quais não conseguia parar de chorar.

Estavam destruídos.

E tinham decidido ficar juntos.

São só alguns passos do elevador até a porta do quarto. Dez, no máximo. Carolina arrasta o vestido de noiva, já sujo, a maquiagem escorrida, o cabelo colado na testa, os pés doendo. São dez passos. Doze, talvez. Não há ninguém mais no corredor a esta hora. Em uma das mãos, leva o recipiente com gelo. Essa era sua missão, e ela já cumpriu. *Vamos, um pé depois do outro,* pensa. Mesmo que doa. Mas Carolina respira fundo e espera a porta se fechar.

O elevador vai embora.

Seu quarto é o 503.

Caro se senta no chão, com cuidado.

Só um pouco, promete a si mesma.

Fecha os olhos.

7

HORÁRIO DE VISITA

A MÁSCARA PESA E A FANTASIA O FAZ DERRETER. GOTAS DE transpiração escorrem pelas pernas; o suor também se acumula nos cílios. No entanto, Eduardo caminha pelos corredores como se nada disso importasse. Ele gosta desse dia. Gosta de fazer surpresa para as crianças que nem adivinham, nem sequer imaginam que por trás desse personagem de filme está o médico que tenta adoçar o amargo, o feio, o que provavelmente já não se pode mudar.

As crianças esperam sentadas direitinho em suas camas. Tudo nelas brilha. Muitas estão rodeadas pelas famílias, com as câmeras já preparadas. Eduardo olha ao redor;

ainda faltam alguns personagens: enfermeiros e o pessoal do administrativo que agora passeiam pelos corredores com capas de super-herói ou vestidos de princesas da Disney, fingindo uma felicidade radioativa.

Não dizem a ele que, em menos de uma hora, estará chorando em seu consultório, com a máscara de Darth Vader o encarando em cima da mesa.

Não dizem a ele. Ainda não.

Hoje é o aniversário da irmã. Eduardo encomendou flores que devem ter chegado no trabalho dela durante a tarde. Faz três anos que ele não a encontra. Ela vive nos Estados Unidos e não costuma visitá-los com frequência. Diz que é porque tem medo de avião, mas Eduardo sabe que na verdade ela tem medo do lugar para onde os aviões podem levá-la. Às vezes, pergunta por que ela não volta ("Já está na hora, não acha? Você não fica entediada aí, tão sozinha?"). Sofía fica muda por um segundo na tela do computador e garante a ele que gosta de onde está, que ainda não, que num futuro próximo. Às vezes, Eduardo joga sujo e diz que ela vai perder Ema, que a menina vai crescer sem a tia ou vai acabar se acostumando com a tia-tela, aquela que vive no iPad e que manda presentes pelo correio. Eduardo grava vídeos da filha falando as primeiras palavras, correndo pela casa, brincando com o coelho que a esposa insistiu em comprar para que, segundo ela, a menina se acostume a se relacionar com a natureza. Ele envia cada um dos vídeos para Sofía, que os assiste repetidas vezes. Ela diz isso para deixar o irmão contente, mas Eduardo imagina a mais triste cena: a irmã sozinha em um apartamento minúsculo, vendo a sobrinha dizer "carro", "mamãe", "au".

— Pronto, doutor? — pergunta Clara, uma das enfermeiras.

Está irreconhecível, fantasiada de Branca de Neve. Eduardo assente, ou acha que assente, é difícil saber com a máscara enorme. Mal enxerga pelos buraquinhos nos olhos. Tudo é quente e úmido ali dentro.

Algo toca em seu bolso. Uma mensagem. "Você deu os parabéns para sua irmã?", sua mãe pergunta, com uma carinha feliz. "É aniversário dela", acrescenta. Eduardo responde com um breve "sim", coloca o telefone no silencioso e veste outra vez as luvas pretas. Uma das secretárias se aproxima vestida de princesa Leia e alguém (ele não sabe quem) com traje de stormtrooper para ao seu lado. Atrás deles, está o grupo de super-heróis (uma Mulher-Maravilha, um Capitão América, um Homem-Aranha e — vai saber o motivo — dois Batmans) e, um pouco mais atrás, as princesas (essas ele conhece todas, inclusive algumas das músicas; teve que aprendê-las para cantar para Ema, para se sentir mais próximo, para acreditar que a conhece, que participa da vida da filha).

* * *

Ao vê-los entrar, as crianças aplaudem. Uma menina chega a gritar de emoção quando a Bela Adormecida gordinha lhe entrega uma rosa vermelha (e sem espinhos). Todos falam com as crianças, exceto ele, que só pode fazer o barulho de respiração pesada característico de seu personagem. Os pais, os irmãos tiram fotos. Eduardo empunha o sabre de luz e o brande de um lado para o outro. Rogelio, uma das crianças mais caladas, o observa com admiração. Eduardo se aproxima e entrega o sabre a ele. Na mesa de cabeceira há pelo menos sete livros empilhados. Uma garrafa de água. Um copo com suco de laranja pela metade. Rogelio está pálido e as olheiras sob os olhos têm um tom que vai do violeta ao azul-escuro. Ele está sozinho; a mãe ainda não chegou para acompanhá-lo, mas o menino não parece triste nem preocupado.

Nunca gostou muito da mãe. Ele, Eduardo. Luisa, acha que é esse o nome. Toda vez que fala com ela sobre a doença do filho, que não retrocede e se agrava e se agrava dia após dia, ela o encara como se não entendesse. Como se o idioma da doença não pudesse atingi-la. Atende ligações telefônicas bem quando o filho está contando algo importante. Às vezes, desaparece por horas durante o dia, enquanto Rogelio lê, lê e lê. O avô, que tem o mesmo nome, também o visita e traz mais livros. E Rogelio lê com uma voracidade furiosa. Faz com que Eduardo pense no irmão mais velho. A vida inteira com um livro nas mãos.

Algumas enfermeiras dão para Rogelio os livros que os filhos não querem mais, o próprio Eduardo comprou alguns, que deixou embaixo da árvore de Natal do hospital, com um cartão assinado "Amigo secreto".

— Quem é você? — pergunta o menino de repente, tocando a borda da capa de Eduardo.

De seus braços finos saem sondas de diferentes cores, a cama está rodeada de aparelhos.

Eduardo levanta uma das mangas da fantasia e mostra a ele uma pulseira do time de futebol de que Rogelio é torcedor e que o menino lhe deu de presente depois da última cirurgia (que não deu certo, não resultou em nenhuma melhora).

— Doutor Ed! — diz Rogelio entre risadinhas nervosas.

Eduardo leva um dos dedos enluvados ao rosto, onde imagina que está a boca, como se pedisse segredo. O menino repete o gesto. Ninguém mais se deu conta de sua identidade. Ele gosta de se sentir assim, invisível. No geral, sempre sente olhos sobre si no hospital. Dos pacientes, dos pais. O silêncio de um quarto muda quando ele aparece para fazer as rondas, as verificações de rotina. Os rostos daqueles que falam com ele mudam, assim como as expectativas. Tudo por causa do jaleco branco.

Quando era criança, sempre brincava com o jaleco da mãe. Gostava de se disfarçar de fantasma e perseguir a irmã pela casa dizendo "Buuuuu". Não era uma brincadeira tão divertida, mas Sofía topava tudo. Ela o ajudava a estudar, lia para ele na escola. Estava sempre lá. Tomás, o mais velho, por outro lado, parecia habitar uma órbita diferente. A centenas de quilômetros, mesmo quando estavam sentados um ao lado do outro à mesa. Sempre lendo, como Rogelio. Eles não se veem muito, e isso que Tomás vive em Santiago, não muito longe de Eduardo. O irmão é solitário, gosta de ficar sozinho, a mãe dizia sempre. E parecia estar ficando sozinho. Pelo menos ninguém sabia de nenhum relacionamento, e ele sempre tinha uma desculpa para não ir aos poucos almoços familiares que tentavam organizar de vez em quando. Eduardo se lembra de que, quando o irmão foi visitar ele e a esposa depois do nascimento de Ema, não quis nem pegar a sobrinha no colo. Prefiro não pegar, havia dito. Tenho medo de acontecer algo com ela. Eduardo não tinha insistido. Para quê?

Eduardo volta para o consultório e tira com cuidado a fantasia. Precisa devolvê-la a um colega de escola, fã de *Star Wars*, que a emprestou para aquele dia. Pendura a capa no gancho da porta e coloca a máscara em cima da mesa. Parece estranha ali, como se fosse a vítima de um sacrifício. Reativa o som do celular. No e-mail, uma mensagem avisa que as flores já foram recebidas pelo destinatário. Ainda não há mensagens de Sofía. Ele a procura no Facebook para lhe dar os parabéns, mas não a encontra. Então escreve para Tomás: "Lembre que hoje é o aniversário da Sofi."

("Não vá esquecer, como no ano passado", ele queria acrescentar, mas não faz isso. E duvida, na verdade, que o irmão sequer veja o Facebook.) Eduardo fica olhando para a tela para ver se Tomás recebe as mensagens (os dois tracinhos azuis) ou aparece online. Mas nada acontece. Talvez esteja em sala.

O consultório está cheio de presentes. Todos, de alguma maneira, conseguem descobrir a data de seu aniversário, entregam chocolates a Eduardo depois das cirurgias, quando recebem alta, quando lhes dá na telha. Às vezes até mesmo levam coisas para Ema: uma pelúcia, uma boneca. Eduardo aceita tudo envergonhado. Não sabe receber presentes. A mãe sempre falava dos presentes que ganhava quando chegava em casa depois do trabalho. Às vezes voltava com buquês de flores, com cachecóis feitos por uma paciente. Nada para eles. Mas não importava, eles gostavam de ver a mãe sorrir.

Eduardo veste o jaleco de médico e um estetoscópio com carinhas de animais. Precisa ver crianças muito pequenas. De três ou quatro anos, e os animais sempre as distraem. Pelo menos, elas sorriem para ele. Talvez seja devido à falta de cabelo causada pelos tratamentos, mas os olhos dessas crianças brilham com uma força de outro mundo. E, quando vão para o centro cirúrgico, não sentem medo. Muitas não conhecem uma realidade diferente da do hospital e de suas rotinas. Quando passa pelo quarto de Rogelio, vê que o menino ainda está sozinho. Não está lendo; está deitado com o olhar fixo no teto.

O telefone toca discretamente no bolso. É a esposa. Está com um pouco de pressa, mas atende mesmo assim. Hoje, quando saiu de casa, ela ainda estava dormindo. Ele não gosta de sair assim, como um fantasma.

— Oi, meu amor. Como você está? — pergunta-lhe o rosto de sua mulher na videochamada.

— Bem, cheio de trabalho. Agora vou ver alguns pacientes. Aconteceu alguma coisa?

Ela parece cansada. Não precisa ir trabalhar hoje. Ao fundo, ele escuta a voz de Ema, que diz "Alôooo, alôooo".

Eduardo ri.

— Quem está aí?

— Estamos fazendo um cartão para a tia. Não é, Ema? Olhe, fale com o papai, aqui na câmera.

Ema se aproxima com uma carinha curiosa. Diz "Oi", abrindo muito a boca.

— Olha. — A menina pega um papel todo grudento de tinta e glitter.

As mãos de Ema estão sujas e a mulher de Eduardo não quer passar o telefone para ela.

— Que horas você chega? — pergunta a esposa.

A voz dela parece tranquila. É um dia comum. A imagem tem tanta luz.

— Por volta das oito, acho. Então ligamos para Sofi. Preciso desligar agora. Amo muito vocês.

A luz florescente do hospital incomoda seus olhos. Ninguém gosta dela. Sãos ou enfermos.

Uma vez, um pouco antes de Tomás sair de casa — e ele foi embora assim que pôde, assim que conseguiu um trabalho naquela escola, da qual nunca mais saiu —, Eduardo o encontrou chorando na cozinha. A mãe estava no hospital e Sofi estava na casa de uma amiga. Tomás achava que estava cuidando dele, mas Eduardo tinha dormido na sala e havia acordado sozinho. O irmão estava sentado no chão e no rosto inchado se misturavam lágrimas e catarro. Não era um choro qualquer. Eduardo era criança e não se atreveu a perguntar nada. Tomás, ao vê-lo, se levantou rapidamente e lavou o rosto na torneira da pia. "Você está com fome? Ou prefere leite com chocolate? Podemos colocar aqueles marshmallows pequenininhos que você gosta." Eduardo ficou feliz com a bebida; não voltou a pensar naquele momento. Até agora. Não tem ideia de quem seja o irmão. Nunca soube, e esse pensamento lhe causa vertigem. De que coisas ele gosta, por quais pessoas se sente atraído, o que pensa nas noites antes de dormir, se gosta de ser professor, o que o deixa feliz ou triste. Eduardo volta a olhar para o telefone. Tomás ainda não visualizou as mensagens.

Seus pacientes o recebem com sorrisos e respondem a todas as perguntas que ele faz. Alguns ainda têm as bexigas que ganharam pela manhã, e há doces por todos os lados. Parecem estáveis. Não há alarmes nem emergências. Não hoje, pelo menos. Não agora, pelo menos. Eduardo pega o doce que recebe de uma das irmãzinhas de um paciente, uma menina ruiva de olhos verdes, e o coloca na boca. O sabor de limão se espalha pela língua e desce pela garganta. Por um segundo, toma consciência de cada movimento de seu corpo. Fecha os olhos. É só um segundo.

Ao voltar pelo corredor, espia outra vez pela porta do quarto de Rogelio. O menino está dormindo. Não há ninguém na poltrona ao lado dele. Eduardo entra e se senta sem fazer barulho. Há um livro aberto sobre a cama, um desses em que o leitor pode escolher o que quer que aconteça. *Escolha sua própria aventura*, está escrito na capa. *O mistério do submarino*. Eduardo folheia o livro com cuidado, sem perder a marca da página em que o menino parou. Um submarino aparece em uma praia. As autoridades revistam o interior, mas não há ninguém lá dentro. Ninguém responde. No entanto, todas as noites as pessoas do povoado escutam barulhos vindos da embarcação. Alguns vizinhos começam a desaparecer para nunca mais serem vistos.

Se você quer que a polícia peça reforços, passe para a página 17.

Se você quer montar uma expedição com pessoas do povoado, passe para a página 29.

A respiração de Rogelio é fraca. Mal dá para ouvir e, em certo momento, Eduardo aproxima a cabeça do corpo do menino para se certificar de que tudo está bem. Ele está magro. Dá para ver as costelas por baixo do pijama (um pijama com foguetes e planetas com anéis que brilham no escuro). Eduardo se lembra do dia em o menino o ganhou. O avô havia chegado à tarde, um pouco antes do fim do horário de visita, e Rogelio tinha gritado de felicidade. A enfermeira de plantão havia ajudado o avô a vesti-lo, e ele mesmo apagou as luzes para ver o corpo do menino brilhar no quarto escuro, convertido em um universo inteiro de planetas fosforescentes.

Eduardo volta para o consultório e checa o Facebook. Não para procurar Sofía. Não para se intrometer na vida de Tomás. Sem pensar muito, procura o perfil de Moni. Ela está ali, sorrindo para ele do ciberespaço. Faz dois anos que não a vê. Faz pouco mais de um ano que não se falam: quando ela telefonou para dar os parabéns por Ema. Parecia sincera. Tinham terminado fazia três meses quando Eduardo conheceu Luz. Estava enlouquecido de dor e tinha se jogado na relação com ela como se fosse o último bote salva-vidas.

Dois meses mais tarde, Moni viera atrás dele, mas Eduardo já sabia da iminência de Ema.

Moni entendeu, pois era assim: ela entendia tudo. Luz nunca soube de nada.

Hoje Ema é uma menina feliz.

Nas fotos, Moni sorri nas férias no Brasil e nas viagens com a irmã a Nova York. Posta sobre os livros de que gosta, copia os parágrafos favoritos. Eduardo rola com cuidado, não quer clicar em botão nenhum, deixar rastros. Não são mais amigos, mas ele sempre a procura. Pelo menos na tela. Não sabe muito bem por quê. Se para garantir que ela é feliz ou por esperar que não seja. Durante todos esses anos ela se mostrou como "solteira" e isso faz com que ele se sinta estupidamente bem.

De repente, encontra uma foto diferente em um dos álbuns. Moni aparece dormindo em uma rede. Não há comentários, mas a foto tem quarenta *likes*, e Eduardo os revisa um por um. Há muitos nomes que não reconhece. No fim das contas, se passaram quase três anos. Não há ninguém mais na foto. Uma amiga pode ter tirado, a mãe, a irmã. No entanto, Eduardo tem a intuição de que a foto não foi tirada por uma amiga, nem pela mãe, nem pela irmã, e alguma coisa lhe aperta o peito.

São outros olhos. Olhos que vão ficar com ela.

Ele tenta se distrair olhando o site de um jornal. Passa rápido pelas manchetes chamativas, as notícias em destaque, demora mais do que deveria nos comentários de algum *troll*. Ri. A lembrança de Monica vai se perdendo entre o placar do último jogo e a polêmica do momento. Então ele procura as manchetes policiais, repassa com cuidado os assassinatos, os acidentes de trânsito. Sempre pensou que algum dia o nome do pai apareceria nessa seção. Ou em uma das notas sobre os suicídios no metrô ou no Costanera Center. Como se, depois de desaparecer sem se despedir, merecesse apenas uma morte de folhetim. Um espetáculo triste.

Eduardo não lembra nada dele. Só poderia reconhecer um nome, se é que o pai ainda o mantém. Se é que ainda não se perdeu dessa forma também.

A porta se abre bruscamente. É Clara, com o uniforme de enfermeira, mas ainda com a maquiagem de Branca de Neve. É Clara, com o rosto tenso e os lábios de um vermelho furioso. É Clara, que grita: "Doutor!" É Clara, que completa: "É Rogelio!"

Eduardo corre pelos corredores e passa pelo menino, que já está sendo levado em uma maca. Está mais pálido do que nunca e quase não está ali, sobre o lençol branco. Não de verdade, não por muito tempo. Eduardo pega a mão dele, mas o menino não responde. Está com uma máscara tapando a boca. Procura pela mãe do garoto, não a vê em lugar algum. Ele quer dizer: "Vai ficar tudo bem." Ele quer dizer: "Sua mãe vai chegar já já." Mas nenhuma palavra sai. Não há destinos para escolher no fim desta página.

8

EM CASO DE EMERGÊNCIA

SOFI ESTÁ SE OFERECENDO HÁ MESES. PARA TUDO. CAMINHADAS pelo câncer de mama em frente à Casa Branca, corridas para arrecadar fundos. Apoia causas que vão desde água potável em pequenos vilarejos da África à exposição de um artista que acabou de ficar tetraplégico. É a primeira a doar sangue a parentes e amigos, a que organiza as festinhas de aniversário das secretárias do trabalho, aquela que fica em pé no ônibus e no metrô porque sempre tem alguém que parece mais cansado, mais triste, que merece mais. Não é que tenha uma alma caridosa, mas sim um vício disfarçado de outra coisa. Não consegue viver sem ajudar. Tiraria seus órgãos um a um para montar novamente as vidas fragmentadas dos outros.

A mulher em frente a ela sorri. "*Last name?*", pergunta, e Sofía responde:

— Toledo.

— *Can you spell that*?

— *Ti ou el i di ou.*

A mulher busca no computador e a encontra ("*Here you are, honey*"), e entrega a ela uma camiseta, seu número (16738) e quatro alfinetes, o de sempre. No domingo, Sofía vai correr uma meia maratona para ajudar as escolas públicas do bairro, está treinando há meses. Nunca correu essa distância. Vai sozinha; nesta cidade é isso o que ela é antes de tudo: uma mulher sozinha. Está trabalhando há dois anos para a embaixada de seu país nesta cidade; sua função não tem um nome específico, faz um pouco de tudo. Ela diz que é uma mulher sozinha com um sorriso, em todo o caso, e não com tristeza. (Em suas aulas de inglês, a professora sempre perguntava aos alunos: "*But are you saying that with a happy face or a sad face?*")

Sofía ficava impressionada com o quanto os gringos gostavam dessas carinhas felizes. Eles as colocavam em tudo: nas sacolas de delivery de comida, na publicidade, nas camisetas e moletons com o nome da cidade. Todos os dias ela fazia um teste: quantas horas conseguia passar sem ver uma carinha amarela sorridente. O recorde havia sido de dez horas. Em um dia em que estava doente, claro, e tinha esperado a febre baixar para sair e comprar uns remédios na farmácia (e então, a explosão: carinhas nos curativos, nos remédios e pomadas para crianças, nas embalagens de guloseimas, em caixas de preservativos). O fato é que Sofía gosta de ficar longe. Sempre que perguntam se ela sente falta, Sofía tem que mentir. Sim, ela diz, muito, quando na verdade a resposta é não, claro que não, embora talvez essa resposta também não seja apropriada.

Sofía volta para a sua mesa. Já passou a hora do almoço e ela usou o tempo para ir à loja buscar o kit da corrida. Não se importa. Não tem comido muito, de qualquer forma. É verão e a cidade parece estar derretendo, então ninguém fica com fome. Deixa a bolsa embaixo da cadeira e mordisca uma maçã, meio sem vontade. No Chile, nunca gostou de correr. Lá, no máximo foi umas poucas vezes a uma academia para dançar zumba. Aqui, lá, Sofía já não sabe como usar essas palavras, para onde direcionar a bússola. Por enquanto, continua correndo. Continua trabalhando.

Toda vez que se inscreve em uma corrida, precisa preencher o verso do número de peito com os dados pessoais. Ela preenche sem problemas o nome, a idade e a data de nascimento. Endereço e telefone também não são um problema.

Alergias? Nenhuma. Médico que a acompanha? Não procurou nenhum. Acha que não é importante. Se algo de ruim acontecer, acha que a levarão para o hospital mais próximo e pronto. Então chega a última linha, que é o que complica a vida dela: *Emergency Contact*. Para os gringos, que são tão politicamente corretos, tão *mind your own business*, esse requisito parece o mais invasivo e violento. Mas ali está Sofía outra vez, com a canetinha preta na mão, sem saber o que responder. O que ela gostaria de fazer era poder perguntar de volta: de que tipo de emergência estamos falando?

Sofía revisa seu arquivo mental de familiares e conhecidos. Não demora muito: não tem ninguém em Washington. Ponto. Nenhum tio distante, nada de primos de segundo grau, ninguém de sua família nunca saiu do país, ou não por muito tempo. Apenas ela, e isso parecia uma boa conquista, a fazia feliz com uma felicidade em volume baixo, de cores pálidas. Tinha alguns conhecidos: da embaixada, das aulas de inglês, dos muitos voluntariados. Provavelmente ninguém se incomodaria de aparecer como contato de emergência dela. No fim das contas, era uma dessas coisas hipotéticas que não machucam. Essa emergência quase nunca acontece. Rasga o número de corredora e o joga no lixo. Tudo continua como se nada tivesse acontecido. O contato de emergência era uma ficção, uma possibilidade remota, mas que incomodava Sofía como um cisco no olho.

Toda vez que participava de uma corrida, usava um nome diferente. De contato de emergência, claro. Jamais poderia falsificar o dela, não nos Estados Unidos. Toda vez que se inscrevia pediam para verificar seus dados. Uma vez, inclusive, não deixaram que ela corresse porque no formulário de inscrição tinha se esquecido se colocar o "o" final de "TOLEDO", e Sofía Toled não pôde correr. Para os registros, Sofía Toled nunca chegou. Agora, ela revisava cem vezes antes de confirmar a inscrição. Odiava passar por esses apertos, odiava quando as coisas não saíam como planejava. Talvez por esse voluntarismo voluntarioso, para consertar as coisas, tantas, que não iam bem no mundo.

Toda vez que colocava o nome de alguém diferente não conseguia pensar em outra coisa que não fosse essa pessoa enquanto corria: imaginava aquela ligação, no meio da tarde, que acabaria com o dia dela. Diria que claro que conhece Sofía, mas não muito. Que não, que sente muito, mas não tem o telefone dos pais. Em suas versões mais gráficas e terríveis, Sofía imaginava que o chefe, que a colega do voluntariado de leitura para crianças, que o porteiro do edifício onde vivia, que o contato de emergência da vez teria que ir até o necrotério para reconhecer o seu corpo. Principalmente depois dos atentados em Boston, já fazia vários anos. Sofía imaginava seu corpo despedaçado e seus conhecidos (seus *desconhecidos*) odiando-a cada segundo, odiando-a com pena, sim, mas incomodados com cada momento naquelas salas frias, cada formulário que precisavam preencher com informações que, na verdade, nenhum deles tinha.

Por isso tinha começado a fazer um kit de emergência; um kit para o eventual "em caso de emergência". Uma caixa com seus registros médicos, as informações de contato dos irmãos no Chile e da mãe na Bolívia. É verdade que se falavam pouco, mas seus nomes eram a resposta quando perguntavam a ela sobre a família: sim, tinha irmãos; sim, seus pais viviam no Chile.

Sim e não eram as respostas. Verdade e mentira ao mesmo tempo.

Estava juntando material fazia um tempo. De um kit de emergência, já começava a parecer uma cápsula dessas que as pessoas enterravam com recordações do planeta Terra para serem redescobertas séculos depois. E o improvável habitante do futuro que encontrasse o kit de Sofía teria bastante com o que se entreter. Um pequeno álbum de fotos, porque ela não gostava da tecnologia para essas coisas. Sofía preferia guardar as fotos em papel e ver o envelhecimento nelas. As fotos de infância devem ficar amarelas, ela pensava, e não se manterem intocadas, na melhor resolução. Então ali estava seu álbum com fotos dos irmãos e da mãe. Encontrou algumas do pai e pensou duas vezes para finalmente decidir fazer, bem, isto: um álbum *familiar*. Daqueles que, sim, haviam restado. Além disso, para que complicar a vida do habitante do futuro? Ninguém iria querer perder tempo procurando personagens irrelevantes da história. Se seu corpo explodisse no próximo atentado, de que importaria onde o pai dela estivera? Em vinte anos, as fotos não apenas envelhecem como perdem totalmente a cor. Papéis brancos que já não servem de nada, não dizem nada.

Dos irmãos ela tinha mais fotos de infância, e talvez isso também deixasse o sr. Futuro desorientado. Então Sofía prendeu com um clipe as fotos de infância e de adulto de Tomás e Eduardo. Fez o mesmo com as da mãe. Em algumas, jovem e radiante; em outras, com os olhos mais fundos, mais perdidos. Da mãe tem poucas cartas; dos irmãos imprime alguns e-mails. Ali estão as informações necessárias. Anota com lápis de cores diferentes os números de telefone, embora não saiba se haverá telefone no futuro. Talvez tudo seja um grande arquivo intangível, e o habitante do futuro só precise acessar uma espécie de base de dados de memória coletiva da humanidade para encontrar a solução para tudo.

Sua ficção científica era estranha, mas pelo menos lhe dava um propósito. Podia revisar as fotos e editar seus diários (tirando páginas proibidas por serem muito ousadas ou muito idiotas) nas noites em que não conseguia dormir. Às vezes a vida funcionava melhor com essas pequenas tarefas. Com listas de ações mínimas, insignificantes. O kit também tinha informações práticas, como sua apólice de seguro de vida e o plano de saúde. Alguns dados bancários, mas nada de senhas, Sofía não queria entregar suas economias a nenhum desconhecido, mas pelo menos facilitar a tarefa de transferir tudo o que tem aos irmãos. A mãe provavelmente não aceitaria nada. Nunca necessitou da ajuda de ninguém. Sempre uma fortaleza na frente dos outros. Sorrindo para todos os professores na escola quando foi levar os filhos na manhã seguinte ao abandono. Incapaz de responder a perguntas que fossem importantes para ela. A mãe de Sofía tinha comprado tudo o que a filha queria, e ela tinha decidido ir embora assim que terminou a faculdade. Nunca foi muito rebelde, sempre sentiu que era um peso e que era melhor passar despercebida, que a mãe nem notasse a presença dela em casa. Todos, na verdade. Todos os irmãozinhos em um pacto de silêncio improvisado.

Sofía coloca seu papel com o número de volta na bolsa. Deixa a canetinha em cima da mesa; tem muito trabalho hoje e não pode ficar se distraindo com essas coisas. É o fim de semana das embaixadas em Washington. Um dia em que todas as sedes (muito convenientemente localizadas na mesma rua, um trecho apelidado de Embassy Row) abrem as portas aos visitantes, no geral turistas. Cada embaixada fazia cartazes e panfletos com informações sobre seus países; algumas até ofereciam comida e brindes. A do Chile ficava a poucos passos da do Peru, e ambas sempre competiam pelo pisco. Era uma briga ridícula, mas Sofía tinha que estar ali todos os anos, encomendando garrafas e muitíssimos limões. A cozinha da embaixada ficava uma imundície à tarde, o chão pegajoso, cheio de cascas e copos de plástico. Este ano também haveria empanadas para competir com a degustação de ají de galinha e batatas à Huancayo dos peruanos. Ela não recebia hora extra por isso, mas Sofía estava feliz em se voluntariar. Outra vez. Gostava do dia das embaixadas, nunca falava com tantas pessoas como naquela semana e naquela tarde. Também nunca tiravam tantas fotos dela. À noite, chegava em casa exausta.

Nenhum dos irmãos tinha ido visitá-la, apesar de a mãe já ter sugerido mais de uma vez. Nenhum deles era muito bom em conversas pelo Skype, nem Sofía. Ela sentia como se fosse uma obrigação, exceto quando falava com Ema, sua sobrinha, filha de Ed. Ela, sim, amava ficar passeando na frente da câmera mostrando seus desenhos e vestidos. Ed ainda não tinha se acostumado a ser pai, a gravidez da namorada o pegara de surpresa. Sofía enviava presentes para Ema sempre que podia. Tinha se proposto a ser essa tia: a dos presentes especiais. O Papai Noel todos os meses do ano. E Ema não podia estar mais feliz com as fantasias de desenhos animados da moda, os bichinhos de pelúcia, os brinquedos. Isto era sua família agora: algumas conversas pelo Skype, alguns e-mails, a rotina de comprar presentes e ir ao correio a cada duas semanas. E seu país, seu país era um único dia: o dia das embaixadas. O resto da vida parecia uma tela em branco, um mundo onde nada a unia a nada, sem história, sem passado. E isso, apesar de parecer triste, era um alívio. Na infância, em Santiago, sempre sentiu que lhe apontavam o dedo, que as professoras tinham pena dela ou, pior, que a interrogavam sutilmente para saber o que tinha acontecido com o pai. Por mais que a mãe quisesse esconder, o fato era que era o pai quem sempre ia às reuniões de responsáveis, então, quando ele desapareceu, todos notaram. Ela os imaginava chamando a ela e os irmãos de "os abandonados". Que todos falavam deles pelas costas. Odiava o momento em que conhecia uma pessoa nova no Chile e surgia a pergunta: "E seu pai?" Odiava não poder ter nada melhor para responder do que: "Não está aqui." Odiava o silêncio incômodo que vinha depois e a urgência do interlocutor de encontrar depressa algo novo e inofensivo para dizer. Gostava de ser estrangeira e de conversar com os taxistas, essa outra tribo de estrangeiros, cada um com histórias mais ou menos longas para contar, com mais ou menos ódio de seus países. Apenas a eles Sofía se atrevia a dizer que não, não sentia saudade do Chile, que voltar não estava em seus planos.

Em uma sala, deixa tudo o que é necessário para o dia seguinte. Ecobags baratas com a bandeira do Chile estampada;

folhetos com os diferentes destinos turísticos do país: o deserto do Atacama, o vale do Elqui, o parque nacional Torres del Paine. Apenas destinos naturais. Como se o Chile fosse um enorme e vazio parque selvagem. Sofía alinha as taças de plástico para o pisco sour, as bandejas vermelhas, brancas e azuis para as empanadas que encomendaram com Rosita, a esposa do motorista do embaixador. Há uma enorme roda da fortuna, com perguntas de trívia para que os visitantes ganhem pequenos pregadores em forma de pinguim. Em uma pasta estão todas as perguntas de trívia que Sofía preparou durante a semana. Era um jogo bobo, mas sempre fazia sucesso. Todos se esforçavam para se lembrar de algum verso de Pablo Neruda ou da *La Araucana*, do nome verdadeiro de Gabriela Mistral ou de todas as regiões do país. "Está na ponta da língua", diziam, e Sofía não conseguia evitar imaginar o Chile como uma longa língua vermelha.

Quando eram crianças, Sofía ajudava o irmão menor a fazer as tarefas. Ela se entretinha recortando papeizinhos coloridos para montar o mapa da Europa, desenhando diferentes órgãos do corpo humano e interrogando-o sobre os indígenas latino-americanos. Sofía o ajudava a procurar informações para seus trabalhos e eles recitavam juntos a lista de palavras para as aulas de inglês: *head, ears, nose, eyes, mouth, neck, arms, heart, legs, feet.* Hoje, ela cruza com as palavras do idioma todos os dias. Na embaixada, falam espanhol, mas na rua é inevitável escutar o inglês informal de quem vende café junto com um "*Have a nice day!*". E escutar por alto muitas conversas. Sofía sente que pode escutar e não escutar quando lhe dá vontade. O inglês continua sendo um idioma estrangeiro que ela pode deixar como som ambiente sem prestar muita atenção, um ruído branco que a permite pensar em outras coisas. Ela se pergunta se Ed está ensinando inglês à filha, se a ajuda nas tarefas. Ou talvez seja Luz quem se encarrega de tudo isso.

Sofía é a responsável por fechar. Dá uma última olhada nos preparativos para o dia seguinte, verifica portas e janelas. Tem previsão de chuva para a tarde, e não quer se arriscar a chegar e encontrar tudo molhado.

Já do lado de fora, a cidade está em ebulição. O momento em que todos saem do trabalho ao mesmo tempo e pegam diferentes meios de transporte para chegar a suas casas. De todas as pessoas que trabalham em Washington, mais de setenta por cento não mora ali. Uma cidade de fantasmas, de pessoas de passagem. Todos agora indo em direção às cidades próximas, aos subúrbios. Sofía, por outro lado, vive ali, a poucas quadras do trabalho, em um apartamento minúsculo. Gosta de ir caminhando para casa. De não perder tempo passando horas no ônibus ou no metrô. De depender apenas da velocidade das próprias pernas.

Sofía passa pelo Dupont Circle, com sua fonte bonita e sua mistura incômoda de turistas e indigentes, e sobe pela Connecticut Avenue até seu restaurante tailandês de sempre. Desta vez está cheio e perguntam se ela, já que está sozinha, pode se sentar no balcão. Sofía sorri, mas odeia a sugestão. Instala-se de má vontade e deixa a bolsa no chão. Ao lado, uma jovem olha para o telefone de dois em dois segundos e um homem um pouco mais velho que ela encara o prato como se pudesse derreter a comida com o poder da mente.

Sofía pede o de sempre ("*Drunken noodles, mild; green tea, thank you*") e pega o telefone também. Nem chega a ligá-lo quando escuta a voz do homem ao seu lado:

— *Hi, my name is Christopher. Chris.*

O desconhecido estende a mão e Sofía responde, não com pouco incômodo.

— *Hi* — diz ela.

Agora é ela quem quer usar o poder da mente para fazer o telefone tocar.

— *What's your name?* — insiste Chris.

— Sofía — diz ela, olhando para o bico dos sapatos.

Nunca foi boa em olhar nos olhos, especialmente de desconhecidos. Carlos sempre zombava dela por isso. Ele a chamava de "a cortina da timidez".

— *You have an accent* — comenta Chris, com um sorriso. — *Where are you from?*

Não é a primeira vez que lhe dizem isso e, como sempre, ela não sabe o que pensar. Às vezes sente que seu sotaque é como uma marca de nascença, uma cicatriz que enfeia tudo o que ela diz.

— Chile — responde Sofía, enquanto um dos garçons lhe entrega a xícara de chá-verde. ("*Careful, it's hot.*")

— *Where*? — pergunta o homem outra vez.

— *Chile.* — Ela tenta pronunciar da maneira mais modulada possível. — *South America.*

— *Oh, Chi-li* — repete Chris com um sorriso. — *Pinochet, carmenere, Pablo Neruda.*

Para os estrangeiros, o Chile era sempre isso, uma estranha constelação de nomes próprios, cada um mais funesto que o outro.

Sofía não precisava perguntar. Bastava olhar para ele por alguns minutos. No pescoço, o crachá de algum órgão internacional, talvez o Banco Mundial, sem aliança de casamento (provavelmente divorciado, com dois filhos que não vê nunca e que vivem em outro estado), com uma bolsa no chão com a roupa de academia, aonde vai para ficar exausto e assim chegar em casa para dormir e se esquecer do dia, do mundo. Na verdade, Sofía não quer perguntar. Quer que a comida chegue logo para engoli-la e sair dali. Odeia a *small talk* gringa, a expressão faz com que ela imagine palavras pequenas como pedrinhas no sapato, incomodando. Ela é a mulher sozinha, não quer falar com ninguém.

No crachá, ela lê: Christopher Robbins.

Enfim chegam os *drunken noodles.* Parece que a garçonete não entendeu a parte do *mild.* Sofía transpira e sente que a língua vai pegar fogo. Pede um copo d'água. Depois outro. E mais outro.

— *Are you okay?* — pergunta seu acompanhante.

Não é feio. Provavelmente é mais jovem do que aparenta. Usa um desses anéis de formatura (Harvard, ela acha que reconhece). Uma dessas pessoas com as quais Sofía provavelmente não tem nada em comum, nada do que falar. Ele também não está tentando seduzi-la. Parece genuinamente interessado em compartilhar o momento do jantar enquanto conversam e só.

Sofía baixa a guarda. Continua bebendo água.

Ele conta sobre o trabalho no Fundo Monetário Internacional (quase que ela acertou), que está chegando de uma viagem à Coreia ("*Very interesting country*"), que sempre quis conhecer o Chile (ele diz Chile; na verdade, pensa na Ilha de Páscoa). Ela conta do trabalho na embaixada, sem dar muitos detalhes. Prefere que ele fale, e assim ela pode comer seus *noodles* depressa. Fala um pouco das séries que está vendo e ela diz que, não, não é muito chegada a ver televisão. Que prefere escutar música.

— *Podcasts?* — pergunta ele.

Não, música.

— *Do you have Facebook*? — pergunta ele ao mesmo tempo que saca o telefone e abre a rede social.

— Não — responde Sofía. E é verdade.

— Instagram?

— *Nope.*

Sofía pede a conta. Chris termina sua cerveja em um gole. Antes de ir embora, lhe passa um cartão.

— *In case you ever want to have coffee or something.*

Sofía não come tudo e pede as sobras para viagem. Vai caminhando devagar. Começa a chover fraquinho, o tipo de chuva que pinica os cílios, que vai se acumulando pouco a pouco. As ruas esvaziam. É a cidade com seus poucos habitantes. Sofía chega ao prédio e sobe as escadas até o segundo andar. Já no apartamento, liga o computador e checa os e-mails.

Nada novo.

Antes de dormir, ela se lembra do papel com seu número de peito.

Pega um lápis.

Sem pensar duas vezes, procura nos bolsos até que encontra. Coloca o cartão em cima da mesa e escreve: *Emergency contact: Christopher Robbins. Telephone: 202-288-9684.*

Na bolsa com as sobras, uma carinha feliz sorri para ela.

9

OUTRAS BRINCADEIRAS

ELE DISSE QUE NÃO HAVERIA PROBLEMA, E É ASSIM. EMA SAI correndo ao me ver, e a professora apenas faz um gesto com a mão depois de procurar — e encontrar — meu nome em sua pasta.

— Vamos brincar? — ela pede para mim com aquele sorriso para o qual não consigo dizer não.

Eduardo não se importa ("Façam o que quiserem. Divirtam-se. Não deixe que ela coma muitos doces.")

("Ah, e muito obrigado.")

Eu me sinto estranha no carro dele, mas não tenho opção. Eu não tenho uma e preciso da cadeirinha. Essa de mil amarras. E Ema ri sem parar porque não consigo acertar. Porque não fecha. Porque lhe aperta. Depois diz "É brincadeira" e ri. Com uma careta de desenho animado. Com uma inocência de outro mundo.

— Vamos brincar?

Sei que meu irmão tentou outras pessoas primeiro. Outras mães do jardim de infância. Até pensou em deixar a filha em casa com a empregada enquanto Luz está em um de seus inúmeros retiros de yoga. Estou de visita e entendo que esta é uma obrigação da tia estrangeira.

Faz anos que não dirijo. Em Washington, nunca foi necessário. Moro a alguns quarteirões do trabalho. Vou caminhando. Não me atrevo a andar de bicicleta.

Por fim, consigo me sentar ao volante e ajusto o retrovisor. Olho para ela pelo espelho e faço sinais. Levanto o polegar e ela também. Digo "Foto, Ema", e ela olha para o celular. "Prova número um: já estou com a mercadoria", escrevo para Eduardo, que responde com uma carinha sorrindo.

Ema está muito agasalhada, com roupas que não combinam. Imagino meu irmão, apressado pela manhã, vestindo nela saias, meias e uma parca que faz com que pareça um merengue espacial. Ema olha pela janela e desenha com o dedinho no vidro embaçado. Eu gostaria de saber o que lhe passa pela cabeça.

Dizem que as crianças não se lembram de nada até os quatro anos. Ema está ali, no banco de trás, falando e me perguntando coisas. É como se ela fosse guardar tudo, mas não. Esta tarde está destinada a se perder. Ontem, enquanto assistíamos juntas a um filme de macaquinhos, ela me disse que queria ir ao zoológico, que nunca tinha ido. Procurei no celular e encontrei as fotos de dois anos antes, quando, com ela nos braços, eu sorria em frente aos flamingos em minha última visita. Nós duas estamos olhando para a câmera.

Emma pegou o telefone e o olhou, surpresa.

— Sou eu — disse ela, como se eu tivesse mostrado uma foto dela em Júpiter.

— Sim, baixinha, eu te levei. Eu te levei pela primeira vez.

— Não me lembro.

Ela estava fascinada com essa memória que parecia chegar de outra dimensão.

Dois segundos depois, ficou entediada e me devolveu o celular.

Na tela da televisão, uma princesa congelava tudo em seu caminho e Ema cantarolava o trechinho de uma música.

Eu gosto de cuidar dela. Com ela, o tempo é mais simples.

O caminho de volta para a casa de Eduardo é fácil. Ele conseguiu um jardim de infância a poucas quadras. Mas, em vez de dobrar à direita, viro à esquerda, e Ema percebe e pergunta:

— Aonde estamos indo?

— Brincar — digo a ela, e de novo aquele sorriso que conserta o mundo. O dela, pelo menos.

"Como vocês estão lindas", diz minha mãe toda vez que nos vê juntas, nas poucas ocasiões em que todos coincidimos em um mesmo lugar. "Você não fica com vontade?" É o que vem em seguida, é o que sempre vem. Se ela falasse comigo em inglês, me diria "*You're not getting any younger*", mas não fala, nunca falou, esse é o idioma em que eu agora vivo e que me rodeia.

Minha mãe faz apenas um gesto, que parece dizer: "Já já você vai querer."

Ela tem uma fé ridícula no relógio biológico.

Ela não sabe. Por que deveria saber?

Quantos testes de gravidez mudam de cor antes que alguém perceba. Todas as vezes que entrei em uma farmácia, no Chile, e os pedi no balcão. E a vergonha radioativa. E fazer o teste no banheiro de um shopping e esperar enquanto, do lado de fora, pelos alto-falantes, uma voz em *off* anunciava ofertas ou crianças perdidas.

Negativo.

Negativo.

Negativo.

Ou as vezes nos Estados Unidos: ir direto ao corredor da fertilidade e dos preservativos e pegar outro teste. Pagar por ele no caixa de autoatendimento, sem que ninguém perguntasse nada. Então ir ao café mais próximo, um em que os indigentes do Dupont sempre iam ao banheiro, e beber uma garrafa de água e esperar até ver os risquinhos se desenharem. Ou aqueles quase dois meses nos quais minha menstruação não desceu, quando eu estava na universidade e Carlos já tinha me descartado. Eu não me atrevi a ir ao médico nem à farmácia e deixei que os dias passassem. Eu me olhei no espelho. Disse "Por favor, não" e "Que seja o que Deus quiser" e "Por favor, por favor, nunca mais, nunca mais". Até que no meio de uma aula senti algo morno na calcinha e, ao sair, ali estava o sangue. Nunca soube se era mesmo a menstruação ou um sinal de que houvera algo ali e agora não havia mais.

Naquela noite deixei o sangue me sujar. A roupa íntima, o pijama, meus lençóis. Que sujasse tudo.

Naquela noite também apaguei o contato de Carlos do celular. Para o meu próprio bem, claro; ele já não se incomodava em me ligar. Já falava o suficiente com os repórteres.

Na manhã seguinte, me inscrevi como voluntária para a estação florestal.

Depois viriam os e-mails dos advogados dele, quando toda a história chegou aos jornais, quando outras se atreveram a abrir a boca.

Eu não diria nada.

Depois de tudo, de certa maneira que me enchia de vergonha, Carlos também havia me salvado.

— Você passou! — grita Ema de repente.

Ela aponta com o dedo e deixa as mãos marcadas na janela, seguindo com sua carinha o shopping, onde estão os brinquedos que deixamos inevitavelmente para trás. Vejo que seus olhos ficam enevoados, não consigo ver se há raiva ou decepção neles. Talvez uma mistura das duas coisas.

— Quero te mostrar outras brincadeiras , umas novas.

De início, Ema me olha sem acreditar.

— Suas amigas da escola não falaram das outras brincadeiras para você?

Ema arregala os olhos.

Hesita.

Sorri para mim novamente.

Prova número dois, ainda sei mentir.

Recebo uma mensagem do pai dela.

"Estou entrando agora no centro cirúrgico, Sofi. Qualquer coisa, ligue para a minha secretária. Cuidem-se. Divirtam-se."

Poderia cantar *Livre estou,* como no desenho de Ema. Mas apenas sorrio. Meu sorriso é feio, enruga meu rosto, racha a maquiagem, os olhos com excesso de rímel, esses olhos tristes como se estivessem caindo da cara. Mas meu cachecol tem lantejoulas e Ema só presta atenção nas coisas que brilham.

— Dá pra mim?

Em um semáforo vermelho, tiro o cachecol e entrego a ela. Ela o acaricia e o enrola na cabeça como um turbante.

Ri. Não consegue parar. E, no entanto, não vai se lembrar de nada.

Temos algumas horas antes que alguém faça perguntas.

— Essas brincadeiras ficam um pouco longe. Você consegue aguentar sem dormir?

Ema grita:

— Sim!

Eu dirijo e Ema fala sozinha. Diz coisas para os outros carros, cantarola, desenha na umidade da janela. Do lado de fora faz frio e os vidros do carro começam a embaçar ainda mais. Talvez eu devesse diminuir o aquecimento ou parar em algum lugar para tirar a parca de Ema, o gorro de lã.

Não sei se é excesso de calor ou simplesmente o cansaço depois de uma manhã de muitas atividades, mas Ema já está fechando os olhos. Apoia a cabeça em um dos cantos acolchoados da cadeirinha e dorme apertando meu cachecol, com a boca entreaberta.

Pego a saída para a rodovia.

Luz vai demorar uns dias para chegar.

Meu irmão vai trabalhar até tarde.

As crianças não se lembram de nada até os quatro anos.

Acelero.

Tiro da bolsa um saquinho com amêndoas e levo algumas à boca. Não posso passar mais de três horas sem comer.

Disso ninguém sabe ainda. Nem que na maleta guardo canetas de insulina, agulhas, lancetas. Que em minha rotina agora também há gotas de sangue e números aos quais tenho que prestar atenção. Que aparentemente faz dez anos (dez anos em que nunca fui ao médico porque não sentia dor em lugar algum, ou não o suficiente para procurar ajuda). Que já sofri danos irreparáveis nos olhos. Que continuam me submetendo a exames, procurando mais indícios. Que, segundo as estatísticas, é provável que eu morra de um ataque cardíaco ou de falência renal.

E, às vezes, em pesadelos, vejo meus pés, sem dedos. Sem conseguir correr.

Faz muito tempo que não dirijo em uma estrada. É gostoso. Há poucos carros. É um dia útil e está cedo. Em alguns momentos, sinto que poderia estar em qualquer lugar. Em qualquer estrada de qualquer lugar do mundo. Com minha sobrinha no banco de trás, dormindo.

Uma das meninas de Carlos organizou tudo. Conseguiu os e-mails das outras — quase todas estudantes de Biologia — e escreveu a carta para o reitor. Demoraram para tomar as medidas necessárias, e todas as manhãs ele aparecia no campus debaixo de insultos. No início, a universidade tentou manter a imprensa longe. Não durou muito tempo.

Achei que não me encontrariam.

Meu nome não aparece na denúncia.

Durante semanas, choveram ameaças.

Diziam: "Cachorra traidora."

Insistiam: "Covarde."

Logo surgiu outro escândalo. E mais outro.

Pedofilia na igreja. Tiroteio em algum lugar do mundo.

E todos se esqueceram do assunto.

Passo pelo primeiro pedágio e a mulher na cabine fica olhando para Ema com ternura.

— Sua filha é muito linda — diz com um sorriso, e eu sorrio de volta. — Quantos anos ela tem?

— Três. Quase quatro — respondo, e por dentro rezo para que Ema não acorde.

Mas a mulher já está me dando o troco e há outros carros esperando. A cancela se ergue.

— Tenha uma boa viagem.

Não respondo, e seguimos adiante. O rádio chia de tempos em tempos com interferência. Em meu telefone recebo uma nova mensagem de Eduardo. *Como está tudo?* Minhas mãos estão suadas. Sinto o coração martelando. Não sei o que estou fazendo, mas sigo adiante. Tenho apenas mais dois dias em Santiago e ainda não vi Tomás. Na verdade, não tenho muita vontade. Temos uma relação baseada em formalidades. Em cumprimentos de aniversário, em presentes de Natal. Não, não quero vê-lo. Se ele não me procurar, também não vou fazer isso.

Ema abre os olhos e olha para todos os lados.

— Já está chegando?

Conheço esse tom. Sei que minha resposta é decisiva para fazê-la chorar ou não. Está desorientada. Incomodada. Quer descer do carro.

— Dormiu bem? — pergunto, e sei de imediato que não são essas as palavras mágicas.

Os olhos de Ema se inundam.

— Está com fome?

— Sim — diz ela entre soluços.

— Pobrezinha, aguente um pouquinho, já vamos parar.

Na beira da estrada, há um restaurante ao qual já fui com minha família. Parece parado no tempo, e lá dentro há alguns brinquedos, já velhos. Um lago com peixes coloridos. Um urso de madeira. Estaciono o carro e tiro Ema com cuidado. Não mostro os peixes porque ela está com muita fome. Depois que entramos, deixo que ela peça o que quiser.

— Ovos mexidos com arroz.

O garçom me olha e concordo, que traga o que ela pediu.

Enquanto esperamos a comida, levo Ema até onde está o urso de madeira e a coloco nas costas do brinquedo, com cuidado. Minha sobrinha mal sorri.

Isso vai acabar mal.

* * *

Eu queria ir embora e deixá-la aqui. Voltar para minha casa e evitar a rotina dessas viagens das recordações. Ninguém nunca foi me buscar lá.

Ou quase.

Há dois anos, ele apareceu na embaixada.

Não sei como descobriu onde eu trabalhava.

Mas lá estava.

Eu nunca o teria reconhecido. Havia passado muito tempo sem vê-lo, muito tempo tentando não pensar nele.

Eu sabia que ele tinha ligado para Tomás. No início.

Não quis que me vissem com ele no trabalho, pedi que fôssemos caminhar até o Dupont Circle. Fazia calor e havia crianças brincando na água. Ele estava com os cabelos grisalhos. Nada nele me era familiar. Suas palavras soavam estrangeiras, como se estivesse falando um idioma que eu não dominava.

Nós nos sentamos em um banco.

Conversamos.

Ema escorrega do urso e cai de costas no chão. Por sorte, não bate a cabeça. Seu rosto fica vermelho. Arde. Ela chora e berra. Todos no restaurante se viram para olhar para nós. Um garçom se oferece para trazer gelo.

— Já passou, já passou. Ema, olhe para mim.

As crianças, até os quatro anos, não se lembram de nada.

Eu a levanto e a levo até nossa mesa. Então a coloco sentada. Seus gritos, horríveis, parecem sujar tudo em seu caminho. O prato já está servido. Pego um pouco de ovo com a colher e assopro. Talvez, se ela comer, cale a boca de uma vez por todas.

— Olha o aviãozinho, abre o bocão — cantarolo.

Ema me dá atenção, talvez pela fome, talvez pelo desespero.

Ela para de gritar e come, por fim. Então pega a colher e se esquece de mim por um segundo.

— Me conte uma história — me pede.

E eu estou disposta a tudo desde que os grunhidos e os rostos deformados de vergonha dos outros clientes não voltem.

— Sim, uma história, vamos ver...

Então me vem à mente.

Porque Ema tem três anos. Quase quatro.

— Sabia que um dia seu avô foi embora e nunca mais voltou?

Mas Ema já não me escuta. Também não come. Ela está distraída olhando o balão de um menino sentado em uma mesa próxima.

— Você sabe o que ele fez durante todo esse tempo?

Ema estica a mão, quer tocar o balão que flutua, ali tão perto.

A mãe do menino passa o balão para ela. Diz ao filho que é preciso compartilhar.

Ema aperta a linha entre os dedos e me olha sorridente. Triunfante.

Então conto tudo a ela.

10

SOUVENIR

MUITOS ANOS ANTES DAS TARDES DE VIGÍLIA, MINHA AVÓ ME levou a um *casting*. Era para uma propaganda, embora naquele tempo eu não soubesse disso. Eu apenas a segui, como sempre fazia, como em todas as vezes que meus pais me deixavam na casa dela e ela decidia sair. No geral, eram coisas rápidas: ir ao supermercado, deixar a roupa na lavanderia ou até comprar flores. Outro dia, também faz tempo, ela me pediu que a acompanhasse para "fazer as mãos", como ela dizia, e deixou a moça pintar florzinhas nas minhas unhas. Minha mãe quase explodiu de raiva quando viu. Eu tinha só oito anos, e ela declarara guerra à vaidade havia algum tempo.

Eu ficava com vergonha quando ela ia me buscar na escola. Sobretudo no verão, quando passeava com camisetinhas sem manga e todos podiam ver os pelos debaixo do braço, a penugem nas pernas. Todos tentando não olhar para ela. Todos, professores e responsáveis, fingindo que não viam. Eu, querendo que a terra me engolisse. Eu comprava giletes escondida, porque ela era contra a depilação. "É antinatural", dizia. Eu preferia ser de plástico, desde que me aceitassem. Eu sabia que meus colegas zombavam dela pelas minhas costas.

Agora a casa está em silêncio e eu escuto a respiração fraca de minha avó.

Às vezes eu a chamo de AbuCaro, como antes.

Já memorizei os barulhos da casa. O zumbido dos eletrodomésticos, o tique-taque do relógio da cozinha; os passos de meu pai descendo as escadas para ir à clínica. A respiração de minha avó, a tosse, o medo que envolve a todos quando o silêncio é total. Eles não gostam de me deixar sozinha com ela, mas eu não me importo. Sei que é pouco provável que aconteça algo enquanto eu estou ali. Pelo menos é nisso que quero acreditar. Sinto que estou tomando conta dela e que, ao fazer isso, nada de ruim pode acontecer. Como quando ela lia historinhas para mim e ficava sentada comigo até eu dormir.

Ela já quase não abre os olhos. Está se apagando aos poucos, nos disseram, e sei que meu pai está triste. Ele não se despediu, e agora não sabe se ela o entende de verdade. Às vezes passa horas sentado junto à cama dela. Conta coisas, coloca música para tocar, assistem a programas sobre vida selvagem juntos. Ultimamente, é a única coisa de que gosta. Ou, pelo menos, foi isso o que nos disse uma enfermeira que às vezes vem nos ajudar. Golfinhos fazendo piruetas, lontras de mãos dadas.

Já não me atrevo a trocar de canal.

Eu sei que meus pais gostariam de passar mais tempo com ela, mas a agonia já se alongou demais, e nenhum dos dois pode faltar mais ao trabalho. Eles ligam durante o dia, mandam mensagens. Eu estudo para as provas ou fico lendo. Levo vários livros. Passo de um para o outro e às vezes anoto nas margens. Faço companhia a AbuCaro, e os livros fazem companhia a mim.

De tempos em tempos levanto a vista para os braços magros de minha avó e a escuto murmurar coisas sem sentido. Prefiro que fique calada. Quando saio do quarto, minhas roupas, minhas mãos e meus cabelos cheiram à doença, à doçura pegajosa do xarope, a fraldas e à respiração fraca.

Meu pai sempre diz que os hospitais na realidade não são como os dos filmes. Ele diz isso quando me vê obcecada assistindo a séries de médicos que correm atrás de macas, que recitam apressados o nome de medicamentos. "A televisão não tem cheiro", murmura. "Um hospital não é para ser visto, você o leva a todos os lugares. E depois não consegue sentir o cheiro de mais nada."

Minha avó também era médica. Quando eu era criança, não nos víamos muito porque AbuCaro viajava para vários lugares fazendo serviços beneficentes, ajudando crianças com lábio leporino em La Paz, em Iquitos, em Riobamba. Quando voltava de viagem, sempre me trazia um *souvenir*, como ela dizia. Lhamas de pelúcia, luvas de lã, tartarugas de madeira. "Não é lindo?", sempre comentava, apesar de eu já saber a história de cor: "*Souvenir* quer dizer 'recordação' em francês." E as recordações de minha avó quase sempre eram tecidas à mão.

Às vezes minha avó saía nos poucos jornais que ainda restavam nesses lugares e ela recortava as notícias. Não para se vangloriar. Se li alguma, foi por acaso, nessas horas, tantas, sem nada para fazer. Hoje sei de memória o conteúdo de suas pastas e caixas, conheço cada um de seus colares, brincos e broches. Sei que minha mãe não vai querer nada, e sou a única neta. Minha tia Sofía, quem sabe. Às vezes provo suas roupas, que ficam enormes em mim, ou a cubro com seus casacos e cachecóis e tiro fotos.

* * *

Junto à cama há um enorme cilindro de oxigênio. Se não olharmos com muita atenção, podemos confundi-lo com uma nave espacial. É prateado e, quando o sol bate, o reflexo chega a cegar. Tudo se enche de luz. Às vezes, eu o cubro com toalhas ou lenços, e meu pai brinca dizendo que parece que estamos em um acampamento cigano, rodeadas de tantos panos. Ele se senta na cama e pega as mãos de minha avó, uma de cada vez. "Que pena, mãezinha", ele diz às vezes, quando acha que não estou escutando. "Minha velhinha", ele diz quando conversa com os amigos. "Tomara que ela pare logo de sofrer", minha mãe comenta. Eu não concordo. Minha avó não parece estar sofrendo. Talvez de vez em quando dê a impressão de estar tendo um sonho ruim, mas, no geral, parece tranquila, como se, por fim, pudesse descansar depois de tanto viajar para todos os lados.

"Esse vai ser o nosso segredo", me disse em uma tarde das mais agradáveis. E, para mim, a palavra "segredo" parecia superpoderosa, capaz de conjurar tudo o que há de bom nesta vida. Fazia calor e meus pais só iriam me buscar à noite. Eram dias ocupados. Minha mãe tinha voltado para as aulas de yoga e meu pai passava quase o tempo todo no hospital. Nunca gostei de babás. Preferia ficar sozinha a aturar aquelas universitárias que não desgrudavam do celular e me olhavam como se eu fosse passar piolho para elas.

Minha avó dirigia com cuidado. Meus pais não gostavam quando saíamos de carro. Não confiavam nos reflexos dela. "Mãe, na sua idade, não acha melhor pegar um táxi?" Mas ela dirigia tranquila e nada acontecia. Às vezes demorava para estacionar, mas só isso.

— O que eu tenho que fazer? — perguntei daquela vez. — Aonde vamos?

E, como resposta, minha avó disse:

— Vamos a uma agência.

Cheguei a ficar arrepiada de tanta emoção.

Na minha turma havia uma menina que aparecia em um comercial de lápis de cor. Todo mundo queria ser amigo dela. Ela sempre tinha lápis para dar de presente, borrachas, apontadores. Era a coisa mais próxima da magia que tínhamos conhecido.

— Mas... E meus dentes?

— Não tem importância, Emi. Aqui seus dentes não importam.

Durante anos usei um aparelho horrível. Tinha a sensação de que minha boca era enorme e ficava com feridas na parte de dentro dos lábios por causa do contato com os arames. Odiava tirar fotos porque era obrigada a sorrir. Odiava os almoços na escola ou sair para comer com minhas amigas e suas famílias. Sentia que todos olhavam para mim, que meus dentes davam um jeito de capturar pedaços de espinafre e cenoura.

Descemos do carro e caminhamos por corredores que me pareciam intermináveis. Quando chegamos à recepção da agência, pediram que preenchêssemos um formulário infinito. Na linha que dizia "Assinatura do adulto responsável", minha avó fez uns rabiscos rápidos. Não estava mentindo: era adulta e responsável.

Na sala de espera, havia muitas meninas da minha idade. Todas pareciam saber o que estavam fazendo e ensaiavam um roteiro com os pais. Eu tinha o mesmo texto nas mãos. A agência pertencia a uma das antigas pacientes de minha avó, que saiu do escritório para cumprimentá-la bem naquele momento. Para mim, por outro lado, ela mal olhou.

Minha avó conhecia todo mundo. Quando eu saía com ela, sempre havia alguém que a chamava de um carro ou se aproximava de nós no supermercado. Às vezes os pacientes também cumprimentam meu pai, e eu não sei onde me esconder. É estranho pensar que meu pai viu o interior do corpo deles, que sabe mais sobre eles do que as próprias famílias.

— Quer dizer que você resolveu trazer sua neta, Carola? É filha de quem? De Eduardo? — perguntou a mulher enquanto brincava com um de seus colares.

— Claro, de quem mais seria? — respondeu minha avó, meio de brincadeira, meio triste.

A mulher me olhou atentamente. Eu conseguia sentir seus olhos em cada uma de minhas espinhas. Fazia um ano que tinham aparecido, no queixo e na testa, inclusive mais de uma, na ponta do nariz e nas costas. Eu tinha vergonha de tomar banho na escola. À noite, passava centenas de cremes e líquidos de cores estranhas que às vezes as faziam secar, mas, no geral, só me restava esperar que desaparecessem sozinhas. Com algumas colegas era pior: os rostos completamente salpicados, até o pescoço. Era difícil falar com elas sem ficar olhando todas aquelas cabecinhas brancas, prontas para explodir.

Em casa, temos instruções de emergência. Não gostamos muito de falar disso, mas de tempos em tempos as repassamos na hora do café da manhã, antes de meus pais saírem para o trabalho. Se algo acontecer quando não estiverem, devo chamar a ambulância e ao mesmo tempo mandar mensagens para minha tia e meus pais. Isso durante a semana. Nos fins de semana, por outro lado, sempre tem gente em casa.

Tomo um gole do chá com leite que já está esfriando na xícara. Como sempre, estou fazendo as tarefas na escrivaninha, perto da cama de minha avó. A respiração dela é tênue. Ela quase nunca abre os olhos.

Eles me levaram a uma sala dividida em duas. Em uma parte, havia um cenário decorado como banheiro com uma pia e, na outra, um quarto de menina. Rosa demais para o meu gosto. Meu quarto de verdade tinha paredes verdes e livros em todos os cantos. Tive que gravar duas cenas: em uma, passava produtos grudentos no rosto, depois enxaguava e piscava um olho para o espelho. Na segunda, enquanto guardava coisas em uma mochila da Barbie (que eu jamais usaria), eu tinha que dizer para a câmera: "Faz três meses que uso CLEAR, e hoje a vida sorri para mim."

Eles me vestiram em um uniforme com sainha xadrez e um suéter verde (eu, que podia ir com roupa normal para a escola) e fizeram duas tranças no meu cabelo que me faziam parecer muito mais nova do que era. As luzes incomodavam os olhos e era difícil me concentrar. Perguntei se podia deixar algum de meus livros por perto, aqueles que eu sempre levava na mochila, em meu quarto de mentira. Assim, talvez, eu ficasse menos nervosa.

Quando acabou, tiraram umas fotos minhas segurando um frasco enorme de CLEAR e me deram uma cópia.

"De recordação", disseram.

AbuCaro pediu que eu não contasse a ninguém. "A menos que você seja escolhida e se torne tão importante que não tenhamos opção", acrescentou com uma piscadela.

Mas isso não aconteceu.

Todos os meus colegas têm curiosidade a respeito de minha avó. Toda vez que eles vêm em casa fazer um trabalho ou passar a tarde, pedem para vê-la um pouco. Não demoram muito para se decepcionar. Minha avó dorme, nada mais. No entanto, de qualquer modo, ficam bastante tempo olhando para ela, como se estivessem esperando por algo que nunca chega. Não gosto muito de que a vejam assim, mas acho que prefiro isso às visitas de minha tia. Ela sempre se senta no chão, junto à cama. Eu sei que ela fala coisas, mas sempre se cala quando me vê entrando no quarto. É minha pessoa favorita e não gosto de vê-la triste. Pelo menos agora posso tê-la por perto. Antes, ela vivia nos Estados Unidos e nos víamos apenas pelas telas. Ela me mandava presentes, pedia que eu contasse sobre meus amigos da escola, as matérias preferidas, que mostrasse meus desenhos. Quando vinha visitar, falava do lugar onde vivia, e seus olhos brilhavam. Ela comprava livros para mim e me contava maravilhas sobre as livrarias de lá. Dizia que eu tinha que ir também, quando fosse mais velha. Ainda que fosse por pouco tempo. E me deixava passear por sua cidade com aqueles óculos de realidade virtual que levava para todo lugar. Depois voltou, e algo se apagou nela. Já no funeral do tio Tomás era outra pessoa. Sentou-se longe, com os olhos fundos, escuros. Não falou com ninguém.

Meu pai teve que ligar para ela e contar. Eu estava tomando uma sopa que esfriou no prato, as mãos dele tremiam.

Disse a ela que tinham se passado dias.

Que os vizinhos.

Que tinham precisado arrombar a porta.

Meses depois do teste, minha mãe encontrou a foto enquanto arrumava meu quarto. Nunca pensei que fosse ficar tão irritada. Ligou para minha avó e gritou muito. Que tinha passado por cima dela, que aquilo era o cúmulo, que ia me transformar em uma menina frívola. AbuCaro parou de vir almoçar conosco aos domingos. A próxima notícia que tivemos dela foi que tinha tido um derrame e, quando saiu do hospital, a trouxemos para viver conosco.

Ela já não falava.

Aos poucos foi deixando de abrir os olhos.

Nunca perguntei à minha mãe se ela se sente culpada, embora às vezes eu ache que sim. Uma tarde, quando voltei da escola, eu a encontrei no quarto de minha avó, pintando as unhas dela com seu esmalte favorito.

Está ficando de noite e meus pais ainda não chegaram.

No celular, chega uma nova mensagem de minha mãe. "Tudo bem?", pergunta, como sempre. "Chego em dez minutos."

Sim, tudo bem.

Naquela tarde, depois do *casting*, minha avó me levou para tomar um café gelado. Era nosso ritual especial. Depois fomos para casa. Jogamos cartas e acho que ela me deixou ganhar todas as vezes. Eu me sentia estranha. Como se todas as minhas espinhas ardessem ao mesmo tempo. Como se, de tanto olhar para elas e filmá-las, tivessem se tornado fosforescentes. Eu não sabia como explicar, nem se deveria dizer isso à minha avó. Apesar de tudo, suas intenções tinham sido boas. Ela só queria me dar uma oportunidade. Fazer algo juntas.

Mas eu estava com raiva.

Enquanto ela preparava um chá na cozinha, aproveitei para ir ao banheiro. Ainda sentia o rosto grudento por causa dos cremes que tinha passado. Antes de voltar para a sala, parei um segundo no quarto dela. Na mesa de cabeceira havia uma caixinha com suas joias.

E se todos riram da minha cara na agência?

Sem pensar muito, peguei um pequeno broche. Era um camafeu, e eu sempre gostei dele. Tinha um fundo azul com o relevo de uma mulher de perfil em branco. Então o escondi no bolso. Prometi devolvê-lo em uma semana. Deixar na carteira dela quando ela nos visitasse no domingo seguinte, para almoçar.

Até porque era só um *souvenir*.

Provavelmente ela nem notaria.

11

BRANCO FAMILIAR

Eles chegam às nove da manhã e vão embora ao meio-dia.

São sempre pontuais.

Quando a porta é aberta, minha cozinha ainda está cheirando a café.

Enrique nunca os viu. No entanto, uma vez por semana, deixa o envelope com os cem dólares em cima da mesa da sala de jantar. Entre as canecas e os pratos ainda com restos de pão com manteiga.

Quando vão embora, a casa está brilhando. O piso de madeira, os azulejos do banheiro, tudo reluz. Já não há roupas espalhadas, as lixeiras estão vazias, até os livros em cima de minha escrivaninha ficam organizados como se estivessem à minha espera.

Eles vão embora e minha casa parece um *showroom* onde ninguém vive. Um apartamento-modelo de *Vida de casal*.

Mas não é.

Ainda que as câmeras acreditem que sim.

O doutor Frank já escreveu três livros sobre nossas vidas. A minha com Enrique e a de tantos mais. Moramos no mesmo prédio. Todos entramos no projeto quando ainda éramos muito jovens.

"Paga tão bem. Qual é o problema? Não vamos nem perceber."

Apenas o doutor e seus assistentes têm acesso aos vídeos. O resto são os livros onde nossas vidas são contadas usando apenas iniciais. Estamos protegidos, embora alguém seja responsável por trazer nossas compras do supermercado e até faça sugestões sobre como devemos nos vestir.

"É um bom acordo, Ema. Não pense tanto."

Enrique assinou em segundos, enquanto eu ficava olhando para o papel.

— Algum problema? — perguntou o doutor com aquela voz de comercial de remédio com mil contraindicações.

Enrique apertou meu braço.

"Vamos, meu amor, assine aqui."

Eu me lembro do coração acelerado e do suor frio na testa. Eu me lembro de ter ficado surpresa ao escutar esse "meuamor". Ele nunca tinha me chamado assim. A gente zombava dessas pessoas. Dos *meuamores,* dos *minhavidas,* dos *meubens.*

Mas assinei.

A transferência bancária foi imediata.

Nossos pais não entenderam nada. Claro, para eles fazia anos que estávamos separados.

Decidimos tentar de novo, acho que foi o que dissemos. Como se nossa relação fosse um truque de mágica que tínhamos que memorizar e praticar várias vezes até que desse certo.

Não podíamos nos arriscar a levantar suspeitas.

Ainda tínhamos as alianças de casamento.

Há um canto da casa que as câmeras não alcançam. Uma esquina, insignificante. Apenas alguns centímetros de parede, de carpete. Às vezes, quando estou muito entediada, paro bem ali. O nariz quase batendo na parede. O ar sempre frio. Olho para cima e, por alguns segundos, ninguém pode me ver. Sim, são só alguns segundos, antes que um "vizinho" espontaneamente bata à porta ou que uma voz me informe, pelos fones em meus ouvidos, que não estão conseguindo me ver, que eu devo circular.

— *Please, circulate.*

É o que dizem.

Não nos deixam falar da comunidade. Deste edifício cheio de cabos e câmeras. Para convidar amigos para jantar, temos que pedir primeiro que eles preencham formulários, que assinem um contrato de confidencialidade.

Que não digam nada.

Tinha começado como um desafio. Entre risadas. Depois de algumas cervejas no bar da universidade. Eu e Enrique já estávamos prestes a nos formar e o panorama do mercado de trabalho parecia péssimo. Todos os nossos colegas do doutorado estavam sendo mandados de volta, um a um, a seus países. Somos um estorvo, nenhuma universidade vai querer bancar nosso visto. Era difícil manter o otimismo. E nenhum dos dois queria voltar. Estávamos bebendo cerveja apoiados no balcão, brindando por tudo o que tínhamos feito de errado. Pela vez que eu o deixara sozinho no aniversário do melhor amigo dele, ou a outra em que ele tinha flertado mais do que deveria com uma de minhas alunas no jantar de fim de ano. Pelas mentiras. Pela noite em que quisemos misturar sexo e pancadas e terminei com manchas roxas na pele que ainda não tinham sumido. Por todas as vezes que pedimos perdão sem ter a intenção. Por aquele casamento absurdo, apressado, só por causa dos documentos.

Caminhamos pelo campus em direção ao ponto de ônibus. Eu já sabia que naquela noite terminaríamos juntos outra vez. Os edifícios da universidade estavam com as luzes apagadas e Enrique aproveitava para passar a mão embaixo da minha saia ou beijar meu pescoço enquanto esperávamos o elevador.

Então vimos o anúncio.

Procuravam voluntários. E pagavam extraordinariamente bem. Com *housing* e *other expenses* incluídas. Com a possibilidade de que fizessem os trâmites do *green card* para você.

Sim, nós rimos. Então nos beijamos um pouco mais. Enrique me apoiou contra o mural, que quase caiu. E eu mordi bem forte seu lábio inferior.

Pegamos um dos papeizinhos com as informações de contato do cientista responsável.

Então notamos o que dizia, bem claro: *Married couples only*.

Toda semana temos uma sessão com o doutor Frank. Ele nos pergunta sobre nossos estados de ânimo, se preocupa com minha *anxiety*, porque evito seus olhos, porque Enrique chega cada vez mais tarde em casa. Pergunta com que frequência fazemos amor. *Lovemaking, intimacy, being intimate*. Ele pergunta, apesar de saber. Tem acesso aos vídeos. Sabe que faz meses que nem sequer pegamos um na mão do outro. Ele quer saber o motivo. É o estresse? Talvez estejamos interessados em outra pessoa?

Eu e Enrique só olhamos para a frente. Dizemos a ele que é questão de tempo. Que já vai passar.

Usamos estas palavras mágicas que já sabemos de cor: *dry spell*.

À noite, peço a ele que, por favor, rompamos o contrato.

Que isso não é vida.

No dia seguinte, quando abro os olhos, Enrique já saiu. Em cima da mesa da entrada estão os cem dólares, sem envelope.

Esticadinhos, como se estivessem recém-passados.

Sei que tenho meia hora antes de chegarem.

"Jamais vamos ganhar essa quantia de outra maneira." Faz um tempo que Enrique pensa em tudo como uma calculadora. E é verdade; com a crise financeira lá fora, o mais provável é que estaríamos trabalhando como professores substitutos em escolas ou atendendo mesas de restaurantes. "Você não entende que ganhamos na loteria aqui", ele me diz, e acho que consigo ver uma centelha de loucura no fundo de seus olhos.

Não era nossa primeira vez em experimentos. Já tínhamos doado sangue e participado de alguns *focus groups*, durante os primeiros anos de estudo. Havíamos passado horas intermináveis respondendo a pesquisas por um *gift card* de supermercado, e eu estive a ponto de vender óvulos por uma quantia ridícula.

Os primeiros meses foram como uma lua de mel. Ficávamos excitados em saber que estavam nos observando. Que algum estudante de psicologia fazia anotações enquanto Enrique vendava meus olhos como um cachecol ou amarrava minhas mãos com algemas compradas às pressas em um sex shop.

"*These latinos... so hot*", dizíamos, fingindo um sotaque que não tínhamos.

Sou rot.

No primeiro livro do doutor Frank que lemos, éramos o exemplo de uma vida sexual plena. Ele havia nos batizado de J e M. Dois estudantes em seus *early thirties* que faziam amor pelo menos quatro vezes por semana. Que trocavam mensagens de texto ardentes durante o dia. Ele, em palavras. Eu, em fotos.

A equipe tinha acesso a nossos telefones, e-mails, redes sociais.

No fim daquele ano, recebemos um bônus. Eu comprei um computador novo. Enrique viajou para o Chile por alguns dias. Sozinho.

Quando ele voltou, começaram as náuseas. Não pode ser, eu repetia para mim mesma em silêncio. Isso não está acontecendo. Eu e Enrique saíamos para jantar e eu pedia sushi, ceviche, embutidos.

Era uma mensagem para meu corpo. Dizia: "Nem pense nisso."

As semanas passaram e o sangue não descia. Eu tentava me distrair lendo para minha tese, arrumando o closet, reorganizando a despensa.

Um dia fui sozinha a uma farmácia comprar o teste, que fiz no banheiro de um Starbucks.

Positivo.

Já não lembro o que pensei, se é que pensei alguma coisa. Tínhamos concordado que eu seria a responsável por tomar os cuidados. Quem cuidaria das pílulas. Quem colocaria o alarme no telefone.

Fiquei duas semanas sem acreditar. Duas semanas em que respondi que estava tudo bem em minhas sessões individuais com o doutor Frank. Duas semanas em que mal falei com Enrique ou com minhas amigas.

Eu achava que falar faria com que aquilo se tornasse realidade.

A equipe de limpeza organiza tudo com uma eficiência dolorosa. Joga os iogurtes já vencidos e as frutas passadas no lixo. Coloca as garrafas de vinho no contêiner de reciclagem, sem julgar. Eles me deixam ler tranquila e me pedem apenas que passe do quarto para a sala e vice-versa, para que assim possam avançar.

Eu me deixo ser movida.

Do lado de fora da janela, a neve cai.

Antes de contar a Henrique, peço que ele me rasgue. Essas são as palavras que uso.

— Quero que me rasgue.

Olho para ele de pé em frente à nossa cama. Ele está recostado, eu mudei de opinião no meio do caminho entre me despir e vestir o pijama. Olho para ele com a blusa na mão. De calcinha. Com o sutiã desabotoado. Falo tentando soar sexy, mas minha voz é triste.

Enrique se levanta e me ajuda a vestir o pijama. Deixa meu sutiã em cima da cômoda, a blusa no cesto de roupa suja. Ele me pergunta se quero um chá. Em minha cabeça, penso: quero que me rasgue, mas só consigo abraçá-lo.

Quando por fim conto, ele reage melhor do que eu esperava. Não sai correndo para chamar sua família, mas também não me pede para termos o bebê. "Isso pode ser muito bom", ele me diz, e acredito, embora por um segundo eu pense que ele está calculando em dólares.

Quem fica mais feliz é o doutor. Somos o primeiro casal a engravidar. Vai ser interessantíssimo observar nossas dinâmicas agora. As mudanças. "*The changes*", ele diz.

— Você estará nas melhores mãos — comenta, olhando para mim. — Conte comigo para o que precisar.

O doutor cumpre com sua palavra. Toda semana chegam caixas e mais caixas de roupas, carrinhos, mamadeiras.

Minha barriga está crescendo. Já não consigo chamá-la de "guata", como em meu idioma nativo, meu espanhol do Chile cada vez mais esquecido. Meu inglês já é capaz de enganar qualquer um.

— *Look at that belly* — comenta o doutor toda semana. — *Look at you.*

E eu olho para mim mesma, sim. Todas as manhãs. Fico grudada no espelho. Eu me observo de frente, de perfil. Enrique apoia a cabeça no meu umbigo. Faz desenhos com uma canetinha. Um urso, uma nave espacial, as flores da primavera por todos os lados.

Ele também faz cálculos, claro. Abre uma conta corrente. "*College fund*", ele me diz, com seu sorriso de números, de investimentos, de estatísticas.

Minha orientadora me olha com desaprovação quando me vê tão imensa. Durante todo o doutorado, toda vez que almoçávamos juntas ou ela me via pelos corredores, me dizia, sem meias palavras: "*Don't have children.*" Agora sua decepção é enorme. Ela nem sequer tenta disfarçar. Consigo ver em seus olhos meu futuro de fraldas e noites sem dormir. De dias sem ler, sem escrever.

Eu sigo aterrorizada, mas esses não são meus medos.
A tese está finalizada. Falamos de outras coisas.

Na comunidade, eles nos entregam os documentos do visto. Estamos cada vez mais longe do status de *aliens*. Não podemos sair do país durante um tempo. Um tipo de prisão domiciliar. Algo em mim se contrai. O doutor Frank diz para eu não me preocupar. Que o tempo vai passar voando.

Enrique me ajuda a pintar o quarto de Sofía. As paredes são violeta. Antes de comprarmos os móveis, passo muito tempo no quarto. Gosto de me sentar no chão para ler, para falar pelo Skype com minhas amigas no Chile. Elas me pedem que eu mostre esse planeta no qual me transformei, dizem que estou radiante. Eu só vejo o que é feio. As olheiras por causa das noites sem dormir de tanto desconforto, as estrias que já começaram a marcar as coxas, o calor insuportável da cidade e de seu verão furioso que se entranha no sangue.

Às vezes leio histórias para Sofía.
Canto para ela.
Tento imaginá-la aos dois, cinco, dez anos.

O doutor Frank escreve artigos sobre minha transformação em mãe. Sobre o que ele fez com esse casal, J e M, em seus nem tão *early thirties*. Comenta que nos afastamos. Que construí um mundo em que só cabe Sofía. Que estou cada vez mais distante. Que não paro de limpar e desinfetar tudo. Que a equipe de limpeza, quando chega, não tem nada para fazer.

Useless.

Pointless.

Em uma página estão detalhados os hábitos de Enrique. Como chega tarde todos os dias.

As vezes que dormiu no sofá em frente à televisão.

As vezes que eu me levantei para pedir que ele voltasse para a cama.

As vezes que fui cobri-lo sem pedir que ele voltasse.

As vezes que fiquei sozinha e tranquila.

Enrique não lê essas anotações. Ele diz que estão me fazendo mal.

Eu mostro minha barriga e lhe entrego uma canetinha.

Ele me diz que está com pressa. Que tem uma reunião urgente na universidade.

Toda vez que vou da sala para o quarto, encontro uma nova versão. Os livros em minha mesa de cabeceira estão organizados por tamanho, os brincos estão todos em pares pendurados em um aramado especialmente para isso. As moedas estão em uma caixinha junto ao camafeu de minha avó.

Eles não jogam nenhum papel fora. Deixam sobre a mesa, bem esticados, para que eu decida o que fazer. Não querem correr o risco de descartar algo importante.

Hoje, eu abro a porta, me aproximo da cômoda, e não há papéis.

Bem organizadinhos, um junto do outro, estão os frascos de remédio. Aqueles com meu nome.

Fecho as cortinas. Volto para a cama.

Quando me levanto, Enrique já saiu. Não escuto o despertador, mas sinto o cheiro do café que ele sempre deixa pronto. Um gesto que não se perde com nada: nem com as distâncias, nem com os maus momentos, nem com o *dry spell* que denunciávamos em nossas sessões de casal.

As calças estão vermelhas, úmidas.

O que sai de mim é um uivo.

Alguém da comunidade chega para me socorrer.

Depois os paramédicos.

A última coisa que vejo, da maca, são as notas, bem esticadinhas, para a equipe de limpeza, e as folhas de outono, amarelas, violentas, entrando pela janela.

Não me perguntem o que acontece depois.

Durmo e acordo.

Durmo e acordo.

Às vezes, é Enrique quem está ali; às vezes, uma enfermeira.

No artigo seguinte, o doutor Frank escreve sobre o sofrimento de uma mãe de primeira viagem.

Da culpa. *Guilt.*

Sadness.

Impossible grief.

Da mudança nos hábitos.

Há fotos da minha cozinha cheia de lixo, com os pratos sujos em torres infinitas. Da cama desarrumada. Do mofo na cortina do banheiro.

A equipe de limpeza começa a vir todos os dias.

Eu espero por eles sentada na poltrona da sala.

Uma mulher um pouco mais velha, um homem jovem. Sempre vestidos de branco.

Passo de um cômodo para o outro.

Eles se despedem dizendo "*Have a nice day*".

Enrique me deixa depois de dois meses.

Eu não o recrimino nem um pouco.

Sofía levou tudo o que tínhamos.

O doutor Frank me visita três vezes por semana.

— *Take your time* — diz ele.

— *No rush* — me garante.

Faz anotações em seu caderno.

Meu corpo continua imenso. Não faço exercícios. Como mal.

Evito os espelhos.

Meus pais me ligam, preocupados.

Eles se oferecem para vir me visitar.

Digo que não precisam se incomodar. Que preciso ficar sozinha.

Os dias passam.

Toda vez que a equipe de limpeza vai embora, lentamente começo a sujar tudo. Encho a cama de migalhas, derramo café no sofá.

Deixo cabelo colado na parede do box. A pasta de dente vazando na pia. A cada tarde, um novo desastre.

Eles não dizem nada.

Abrem a boca apenas para me pedir para ir para outro cômodo ("*Would you mind...?*"), e a pergunta fica flutuando.

Certa manhã, eles tentam limpar o quarto de Sofía. Meu grito surpreende a todos. Em pouco tempo, o doutor Frank chega com o sedativo.

Do lado de fora da janela, tudo é branco. Tudo é gelo.

* * *

Volto a abrir os olhos.

Escuto o barulho do aspirador de pó.

Depois de água, do esfregão.

Eu me levanto e vou em direção à sala.

A mulher da limpeza evita olhar para mim.

Age como se nada tivesse acontecido.

Molha o esfregão no balde.

Eu me deito no chão.

Sinto a madeira fria nas minhas costas.

Olho para o teto branco.

O ventilador.

Abro os braços e as pernas.

Sou um xis, um anjo na neve.

Peço que me rasgue.

Que me limpe.

AGRADECIMENTOS

A Sebastián, que me deu o título, o amor e o apoio necessários para escrever este livro. Porque escrever é sempre mais que escrever: é ter também a companhia, o espaço e a possibilidade de poder escrever.

A Arantxa, de Kindberg, por confiar neste romance estranho. Por seu olho atento, sua generosidade e gentileza incríveis.

A Juan Pablo Vilches, Julio Reyes Lazo, Guillermo García, Edmundo Paz Soldán, Denise Kripper, Cristina Zabalaga, Juan José Richards, por lerem este livro em diferentes encarnações e me ajudarem (muitíssimo!) com seus comentários.

A Gaspar Álvarez, pela conversa generosa e esclarecedora que ajudou tanto este romance (e sua autora).

A Cristina Rivera Garza, pela *blurb* que escreveu para meu livro anterior, *Lugar*, e que me deu uma energia incrível para continuar escrevendo.

A Rodrigo Fresán, por muitas razões, mas desta vez especialmente por colocar Lydia Millet em meu caminho.

A meus alunos e colegas da Pontifícia Universidade Católica do Chile.

A Marco Antonio de la Parra e Ana Josefa Silva, por seu apoio e carinho nesses últimos anos.

A Gerardo Jara e Mercedes Valdivieso, por sua linda companhia e motivação constante.

À minha família: meus pais, meus irmãos, tios e sobrinhas.

E a meus avós, sempre: a quem dedico este amor imenso pelos livros.

Impressão e Acabamento:
LIS GRÁFICA E EDITORA LTDA.